Lilli Wagner

Bühne frei für Leonie

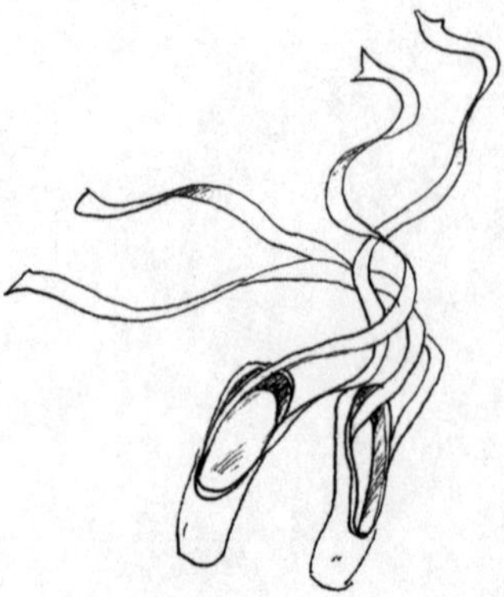

LILLI WAGNER

Bühne frei für Leonie

DAS TANZINTERNAT

Mit Vignetten von Dagmar Henze

Baumhaus

MIX
Papier aus verantwortungsvollen Quellen
FSC® C083411

Dieser Titel ist auch als E-Book erschienen

Originalausgabe

Dieses Werk wurde vermittelt durch die Literarische Agentur Thomas Schlück GmbH, 30827 Garbsen

Lektorat: Regine Teufel
Umschlaggestaltung: Kirsten Osenau
Umschlagmotiv und Innenvignetten: Dagmar Henze
Satz: hanseatenSatz-bremen, Bremen
Gesetzt aus der Minion Pro
Druck und Einband: CPI books GmbH, Leck – Germany

Printed in Germany
ISBN 978-3-8339-0411-0

5 4 3 2 1

Sie finden uns im Internet unter www.baumhaus-verlag.de
Bitte beachten Sie auch www.luebbe.de

Für Emilia und Antonia,
die beide für ihr Leben gern tanzen

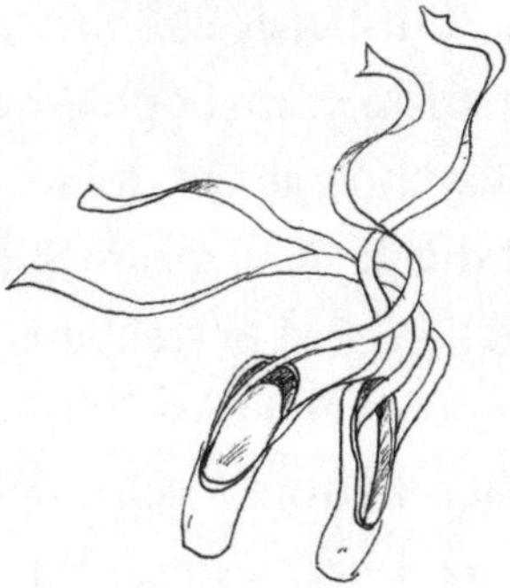

1. KAPITEL

Ich habe mich ja schon oft gefragt, ob meine große Schwester Liv adoptiert ist – nun bin ich mir endgültig sicher!

Ich meine, wer ist bitte so bekloppt, sich zum dreimonatigen Jubiläum den Namen seines Freundes tätowieren zu lassen und zwar – jetzt kommt's – auf die Augenlider??!!!

»Holger« auf das linke und »Schnetzel« auf das rechte Augenlid. Ihre Begründung: Jedes Mal, wenn sie die Augen schließt, träumt sie von Holger, und das sollen alle sehen. Allein der Name müsste gesetzlich verboten werden. Wer heißt denn heute bitte noch Holger und dann auch noch Schnetzel? Klingt doch wie Schnitzel!

Mama dachte, es sei eine Reaktion darauf, dass sie Liv nicht erlaubt hatte, mit Holger in den Ferien durch Europa zu trampen.

Eigentlich ist Mama Kunstlehrerin, aber sie malt ganz gut

und will endlich als Künstlerin Fuß fassen. Bis es so weit ist, unterrichtet sie weiter Kunst am Sophie-Scholl-Gymnasium.

Mein Vater ist Psychologe. Er forscht an der Universität Freiburg, das ist die nächste große Stadt in der Nähe von Waldesruh. Waldesruh selbst besteht aus 1213 Einwohnern. Bei uns gibt es einen Bäcker, einen EDEKA, Rudi, den Dorffriseur, und ansonsten Bäume – sehr viele Bäume. Und natürlich meine beste Freundin Greta. Wir kennen uns schon aus dem Kindergarten und könnten unterschiedlicher nicht sein. Aber dazu später.

Alle meine Freundinnen in Waldesruh fanden meine Eltern cool, dabei durfte ich mich nicht auf Facebook anmelden, und Schminke konnte ich mir von vornherein abschminken! Unsere Eltern fanden, dass wir ganz natürlich am schönsten aussahen und außerdem nicht bei diesem Schönheitswahn mitmachen sollten, der uns Mädchen eh nur dazu bringe, zu kaufen, kaufen, kaufen! Also Schminke eben … Frühestens wenn ich 16 Jahre alt bin, wollen meine Eltern mich in die Nähe eines Lipgloss' oder von Wimperntusche lassen. Das sind fast noch vier Jahre, na ja, drei Jahre und acht Monate, denn bald werde ich endlich 13! Und Ohrringe stechen lassen geht auch gar nicht! Na ja, jetzt könnt ihr euch in etwa vorstellen, was es bedeutet, bei uns zu Hause mit einem Tattoo aufzukreuzen und das auch noch auf den Augenlidern!

Ha! Der Gesichtsausdruck meiner Mutter war einmalig, als meine Schwester Liv beim Mittagessen blinzelte und Mama ihr Tattoo entdeckte.

Mama dachte erst, es wäre Kajal. Dann hoffte sie auf Edding, und als ihr klar wurde, was ihre Erstgeborene sich Bescheuertes geleistet hatte, war sie sprachlos.

Ich hielt es für einen passenden Moment, meine Taschengelderhöhung zur Sprache zu bringen, schließlich war ich die deutlich intelligentere Tochter. Aber irgendwie hatte Mama kein Ohr dafür.

Dabei habe ich immer mein ganzes Geld gespart, um so oft wie möglich in Freiburg Tanzkurse machen zu können. Ich tanze für mein Leben gern Hip-Hop, Modern- und Streetdance und bin dafür mit dem Bus jedes Mal fast eine Stunde in die Stadt gegurkt, anschließend dann natürlich wieder eine Stunde zurück. Und das, obwohl ich die Strecke eh schon zweimal täglich fahre, um zur Schule zu gehen. In Waldesruh gibt es schließlich kein Gymnasium. Aber fürs Tanzen mache ich alles. Tanzen ist mein Leben!

»Was hast du dir nur dabei gedacht?«, schrie Mama drauflos. »Liv, du bist gerade mal 15! Wer hat dir das Tattoo überhaupt gestochen ohne die Einwilligung eines Elternteils?«

Liv druckste herum, und ich ahnte, was gleich kommen würde.

»Wieso, ich hatte doch eine Einwilligung dabei!«, antwortete sie trotzig. Natürlich hatte sie das … Im Unterschriftenfälschen war sie schon immer große Klasse. Jetzt lief Mama knallrot an.

»Was machst du denn, wenn dieser Holger morgen mit dir Schluss macht?«

Liv schnappte völlig empört nach Luft. »Holger und ich werden heiraten und Kinder bekommen … Er ist die Liebe meines Lebens!«, schob sie noch theatralisch hinterher.

Aufgescheucht von unserem Krach, kam Papa aus seinem Arbeitszimmer und sah Mama fragend an. Die schüttelte nur den Kopf und zeigte auf Liv. Sie holte ihren Laptop an den Mittagstisch und fing an zu googeln, wie man Tattoos entfernen lassen kann.

Nebenbei versuchte Mama noch, aus Liv herauszupressen, wer ihr das Tattoo gestochen hatte. Papa mochte zwar Psychologe sein und vielen Menschen mit sehr klugen Methoden und Ratschlägen helfen, aber bei seiner pubertierenden Tochter war er überfordert. »Was machst du denn, wenn du mal heiratest und dein Bräutigam nicht Holger heißt? Dann stehst du am Altar, hauchst dein ›Ja‹, schließt die Augen, und dein Mann darf immer diesen Namen lesen. Holger! Ich fasse es nicht!« Er schrie jetzt ebenfalls und war ganz außer sich.

Dann aber riss er sich zusammen und startete sein Entspannungsprogramm, denn Aufregung war nicht gut und ein Zeichen dafür, seine Gefühle nicht im Griff zu haben – etwas, das sich für einen Psychologen so gar nicht schickt. Papa schloss also die Augen und atmete viel zu laut ein und aus. Spannte dabei alle seine Muskeln an und ließ sie wieder locker. Aber offensichtlich brachte das alles nichts, denn er schnappte sich Puschel, unseren Labrador, und verschwand mit ihm wieder in seinem Arbeitszimmer. Dort würde er Puschel eine halbe Stunde lang streicheln. Er hat nämlich mal eine Studie gelesen, in der Wissenschaftler erklärten, dass es super gesund ist, sein Haustier zu streicheln. Senkt angeblich Blutdruck und Puls.

»Sie kann doch erst mal dunklen Lidschatten drüberschminken!«, schlug ich pragmatisch vor.

Liv und Mama schauten mich erstaunt an. Mama schien zu überlegen.

»Gar keine schlechte Idee, Leonie.« Liv, die sich mit ihren 15 Jahren natürlich auch noch nicht schminken durfte, wurde plötzlich hellhörig und schien gar nicht abgeneigt.

Mama holte ihre Schminkutensilien, ich machte mich vom Acker und ging in mein Zimmer. Das einzig Wahre, um diesem Wahnsinn zu entgehen …

Ich nahm mein Handy, um Greta anzurufen. »Du glaubst nicht, was Liv jetzt wieder für einen Schwachsinn gebracht hat!«, stöhnte ich entnervt ins Telefon.

»Schieß los!«, quiekte Greta neugierig und vergnügt.

Als ich ein paar Tage später – es war ein Freitag – von der Schule heimkam, hatten Mama und Papa DIE Überraschung für mich. Aus der Küche roch es mal wieder undefinierbar, was daran lag, dass Mama ihren Vorsatz für das Jahr eisern durchzog. Sie hatte beschlossen, sich durch die verschiedenen Küchen aller möglichen Länder zu kochen. Wir aßen also nur noch thailändisch, indisch, türkisch, japanisch, russisch, französisch oder äthiopisch, weil es laut Mama diese unglaubliche Vielfalt in unserem Minidorf nicht gab und sie mit ihren Gerichten das »Fenster zur Welt« öffnen wollte. Sie bestellte die verrücktesten Zutaten und Gewürze im Internet, und in unserer Speisekammer sah es inzwischen aus wie in einem internationalen Supermarkt. Selbst jetzt vor Weihnachten machte sie keine Pause mit ihren Experimenten. Während bei Greta zu Hause Plätzchenduft durch die Küche waberte, wanderten bei uns unaussprechliche exotische Zutaten in den Topf.

»Rate mal, wo wir beide am Montag hinfahren?«, sagte Mama aufgeregt und zwinkerte Papa, der am Küchentisch saß und nervös an einer Papierserviette herumnestelte, vielsagend an.

»Keine Ahnung. Zum Eriträer nach Freiburg?« Ich zuckte ahnungslos mit den Schultern. Mama holte tief Luft und ließ sich Zeit.

»Nein, wir haben dich an der *Dance Academy* in Hamburg zum Vortanzen angemeldet!«

Wie bitte?!? Mein Herz setzte einen Moment lang aus – dann klopfte es wie verrückt!! Ich konnte es nicht fassen!!! Schließlich bin ich absolut tanzverrückt! Seit ich denken kann, will ich nur tanzen. Früher tanzte ich im Ballett, aber das wurde mir schnell langweilig. Dann machte ich Jazz Dance, bis ich meine wahre Liebe entdeckte: Streetdance und Hip-Hop!

In Waldesruh gibt es natürlich keine Kurse dafür. Weil die Kurse und Workshops in Freiburg wie gesagt ziemlich viel Zeit und Geld kosten, habe ich mir eigentlich alles selber aus dem Internet und über DVDs beigebracht. Daher kannte ich auch die *Dance Academy*, die beste und bekannteste in ganz Deutschland. Man wird an der *Dance Academy* zur Profitänzerin ausgebildet und kann gleichzeitig einen Schulabschluss machen. Seit zwei Jahren hatte ich davon geträumt, an der *Dance Academy* vorzutanzen, aber bislang hatte ich mich immer vor der Anmeldung gedrückt. Welche Chancen hatte ich denn schon – ohne professionelles Training? Man kann sich einzelne Aufführungen der *Dance Academy* auf ihrer Homepage anschauen, und da bekam ich jedes Mal Minderwertigkeitskomplexe. Seit ich also von der *Dance Academy* wusste, hatte ich davon geträumt, dort angenommen zu werden. Und hatte es bei jeder Gelegenheit fallen lassen. Die ganze Zeit über hatte ich mir nichts Schöneres vorstellen können, als dort zu tanzen – unter der Anleitung von Profis und gemeinsam mit anderen Schülern, die das Tanzen ebenso lieben wie ich. Natürlich hatte ich auch Bammel, denn es war ganz schön weit weg von Zuhause, und vor allem war Hamburg eine Großstadt. Dort war bestimmt alles ganz anders als in unserem kleinen, beschaulichen Waldesruh, wo quasi jeder mit jedem irgendwie bekannt oder verwandt ist, und manche sogar die Tür abends nicht abschließen. Vor allem waren hier meine Familie und Greta, mit der ich im Sommer durch die Wälder zog, mit dem Fahrrad zum See fuhr und bei EDEKA vor der Treppe Eis aß, bis uns schlecht wurde. Greta und ich kannten uns in- und auswendig und vertrauten uns alles an. Wenn doch Greta auch nur so tanzverrückt wäre wie ich! Dann hätte sie mitkommen können nach Hamburg. Aber leider interessiert sich Greta mehr für Musik, also, sie singt richtig gut und spielt unglaublich gut Klavier.

Und jetzt hatte Mama mich zur Aufnahmeprüfung angemeldet! Ich wusste, wie schwer ihr das gefallen sein musste. Sie wollte mich natürlich am liebsten hier in Waldesruh haben, aber sie kannte meinen Traum und meine gleichzeitige Scheu, mich selbst zu bewerben. Sie hatte es extra heimlich gemacht, damit ich nicht enttäuscht gewesen wäre, falls es nicht geklappt hätte mit dem Vortanzen. Das war ja wohl der absolute Hammer! »Aber können wir uns das überhaupt leisten? Das kostet richtig viel! Ich weiß das, weil ich erst letzte Woche wieder auf der Homepage war.«

Mama lächelte. »Nein, leisten können wir es uns so nicht. Wir haben all unser Erspartes in dieses Haus gesteckt und einen hohen Kredit aufgenommen. Selbst wenn Papa und ich auf alles verzichten, wäre es nicht möglich. Das Schulgeld liegt bei 30 000 Euro im Jahr inklusive Unterbringung und Verpflegung, aber es gibt ein Stipendium. Und genau darum geht es bei diesem Vortanzen: Wenn du da überzeugen kannst, bekommst du ein Stipendium. Ich habe mich erkundigt und ihnen per Mail Aufnahmen von dir geschickt. Anscheinend fanden sie dich sehr interessant.«

Überglücklich fiel ich erst ihr und dann Papa um den Hals. Er wehrte sich lächelnd mit »sachte, sachte«, hüpfte aber auf und ab. Lachend hüpfte Mama mit. Selbst Liv, die aus ihrem Zimmer gekommen war, musste lachen und vergaß für ein paar Minuten den Sehnsuchtsblick aufzusetzen, mit dem sie nach ihrem Holger schmachtete.

Papa kniff mich verlegen in die Wange: »Wir haben uns das wirklich gut überlegt, vor allem, weil wir natürlich möchten, dass du eine Sicherheit hast, falls das mit dem Tanzen nicht funktioniert oder du mal nicht mehr tanzen kannst oder willst. Du kannst an der *Dance Academy* dein Abitur machen, und tatsächlich scheint das Tanzen die schulischen Leistungen nicht zu verschlechtern. Im Gegenteil, die Absolventen schließen im Schnitt besser ab als an normalen Gymnasien. Das liegt anscheinend an der Disziplin, die die Tänzer mitbringen, haben sie uns erklärt. Und für dich wird es bestimmt sogar leichter, denn es ist hier ja schon ziemlich umständlich für dich mit der ewig langen Busfahrt jeden Tag nach Freiburg. Wenn du angenommen wirst, darfst du schon zum neuen Halbjahr im Januar wechseln.«

Plötzlich sah ich, dass Mama Tränen in den Augenwinkeln hatte, die sie unauffällig wegwischte. Auch Papa bemerkte es und sah betont unauffällig zu Boden. Ich konnte mir schon denken, was los war: Die *Dance Academy* ist in

Hamburg. Das hieß, ich konnte natürlich nicht jeden Tag hin- und herfahren. Ich würde im Internat der *Dance Academy* leben und nur an den Wochenenden nach Hause fahren können. Das war tatsächlich ein komisches Gefühl. Aber der Wunsch zu tanzen und zu einer der besten Tänzerinnen zu werden, brannte tiefer in mir als die Angst, es in Hamburg nicht zu schaffen. Außerdem würde ich so oft wie möglich nach Hause fahren. Bei dem Gedanken an Greta musste ich allerdings schlucken.

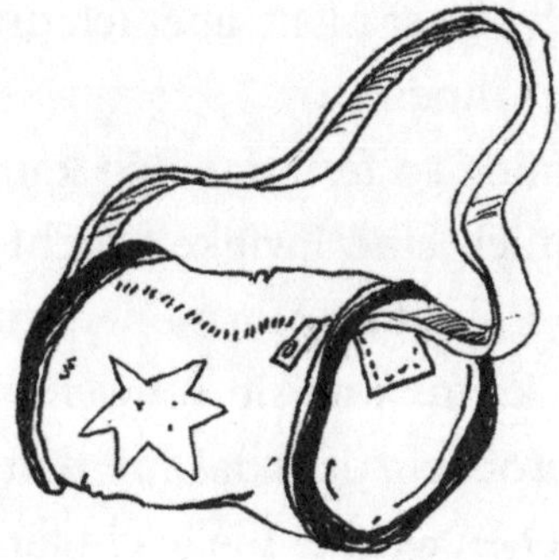

2. KAPITEL

Das ganze Wochenende über konnte ich weder schlafen noch essen. Am Samstag übte ich von morgens bis abends meine Choreografie. Mama und Papa, die sonst wirklich sehr geduldig sind, baten mich irgendwann nur noch, mit Kopfhörern zu üben, weil sie den immer gleichen Song nicht mehr hören konnten. Greta war die ganze Zeit an meiner Seite, sie übernachtete bei mir und durfte sogar mit nach Hamburg fahren.

Am Sonntagvormittag ging unser Zug. Papa und Liv brachten uns durch das Schneegestöber sicher zum Bahnhof. Liv hätte zwar auch mit nach Hamburg fahren können, aber bevor sie sich freiwillig aus dem Umkreis ihres bescheuerten Freundes Holger bewegte, würde eher die Sonne nicht mehr aufgehen. Allein der Gedanke, Hunderte von Kilometern von ihm getrennt zu sein, verursachte ihr Schnappatmung.

Papa drückte mich fest beim Abschied. »Hals- und Beinbruch wünsche ich besser nicht, aber ich drücke dir ganz fest die Daumen! Zeig's ihnen!«

Liv umarmte mich so fest, dass ich kaum mehr Luft bekam – und ließ mich eine Ewigkeit nicht mehr los. Abgesehen von diesen Pubertäts-Hormonen, für die man ja anscheinend nichts kann, war sie schwer in Ordnung. Und Mama hatte versprochen, dass das mit den Hormonen auch bald wieder weggehen würde. Vielleicht fand meine Schwester dann ja auch Holger nicht mehr spannend, hoffte ich zumindest insgeheim.

Greta und ich saßen uns im Abteil gegenüber, Mama neben mir, und so sahen wir sämtliche deutsche Städte schön eingeschneit und mit Lichterketten dekoriert am Fenster vorbeiziehen, bevor der Schaffner unsere Endstation »Hauptbahnhof Hamburg. Unser Zug endet hier, bitte alle aussteigen« durchsagte.

Greta kniff mich aufgeregt in den Arm: »Jetzt ist es so weit, Leo!« Sie nennt mich nur selten Leonie, meistens bin ich Leo für sie – und zwar nur für sie.

Am Bahnhof herrschte ein Getümmel und Gewühle, dass man aufpassen musste, sich nicht zu verlieren. Zum Glück wusste Mama, wo wir hinmussten, und fand auf Anhieb unsere U-Bahn.

Wenig später waren wir schon in unserem kleinen Hotel.

Wir wurden freundlich begrüßt, allerdings sprachen sie hier ganz anders als bei uns in Waldesruh. So deutlich und genau, wie ich es sonst nur aus den Nachrichten kannte. Zwar sprechen wir zu Hause auch Hochdeutsch, aber sonst sprechen bei uns in Waldesruh die meisten Dialekt. Bestimmt würden die Hamburger bei uns im Dorf niemanden verstehen.

Das Zimmer war zwar klein – Mama und ich schliefen im Doppelbett und Greta in einem Zustellbett, aber es war genug Platz, um noch mal meine Choreografie zu üben.

Während Mama unser Abendessen auspackte, drehte und wirbelte ich im Zimmer hin und her. Übte Sprünge, Drehungen, passte auf, gut im Takt zu bleiben, und achtete immer darauf, die Spannung zu halten. Das war beim Tanz, egal bei welcher Art, das Wichtigste. Nur angespannte Arme, Beine und Schultern machen schöne Bewegungen, wenn man nicht durchstreckt, sieht es sofort schlaff aus. Die Kunst dabei ist, alles leicht aussehen zu lassen, obwohl es ganz schön anstrengend ist, immer die Muskeln anzuspannen und dabei auf einen entspannten Gesichtsausdruck zu achten. Greta war zufrieden. Sie hatte mir schon so oft beim Training zugesehen und wusste genau, worauf es ankam.

»Wenn du das morgen genauso machst, KÖNNEN sie dich nur aufnehmen!«, sagte sie begeistert und klatschte in die Hände. Mama nickte zustimmend.

»So, und damit du auch genug Kraft hast, essen wir jetzt, und dann geht es auch bald schon ins Bett. Wir müssen früh raus morgen, das wird ein langer Tag.«

Allerdings! Die Prüfung begann bereits um 8 Uhr und dauerte bis nachmittags. Und anschließend hatten wir ja noch die lange Heimreise vor uns. Mein Magen knurrte – vor lauter Aufregung hatte ich mein Hungergefühl überhaupt nicht bemerkt. Dafür meldete sich der Hunger jetzt umso lauter. Mama und Greta mussten lachen.

»Das war ein deutliches Zeichen. Wir haben belegte Brote mit Schinken und Gurken oder Käse mit Tomaten. Dazu gibt es gekochte Eier, und als Nachtisch kann ich Obst mit Keksen anbieten«, ahmte Mama einen vornehmen Kellner nach. Ich schnappte mir ein Käsebrot und biss herzhaft ab.

Nach dem Essen machten wir uns bettfertig. Als Mama das Licht ausmachte und Greta »Gute Nacht« wünschte, war ich schon im Dämmerschlaf und träumte von meinem Auftritt.

Die *Dance Academy* ist nur vier U-Bahn-Stationen von unserem Hotel in Hamburg entfernt und liegt an einem wunderschönen alten Park. Das Gebäude wurde Anfang des letzten Jahrhunderts erbaut und strahlt mit seinen dicken Steinmauern, den Verzierungen und hohen Fenstern etwas Hochherrschaftliches aus, aber auf eine sehr einladende Art. Mama und ich waren beeindruckt, als wir die schwere Eingangstür aufmachten und in einen lichtdurchfluteten Eingangsbereich traten. Der Boden war mit hellem Marmor ausgelegt, von den Decken hingen schwere weiße Kugellampen, und an den Wänden hingen viele Gemälde mit Tanzmotiven. Ein wunderschöner Weihnachtsbaum stand im

Foyer. Mir stockte der Atem, so schön war das. Greta knuffte mich in die Seite und flüsterte: »Ist das alles nobel hier, fast wie in einem Schloss! Wenn das unsere Klasse sehen könnte, die würden ausflippen!«

Das mochte zwar stimmen, aber leider machte mich dieses altehrwührdige Gebäude nur noch nervöser. Ich kam aus einem kleinen Kaff, selbst unsere Kirche konnte im Leben nicht mit diesem Gebäude mithalten – und die Kirche war mit Abstand das schönste Gebäude in Waldesruh. Irgendwie fühlte ich mich fehl am Platz. »Die sehen alle so schick und selbstbewusst hier aus!«, flüsterte ich, und Greta nickte. Wir fielen inmitten dieser modischen und zurechtgemachten Schülerinnen und Schüler bestimmt mega auf. Sie schienen alle zu wissen, wo sie hinmussten, lachten und alberten herum. Kein Anzeichen von Unsicherheit. Gut, sie lebten hier ja auch schon seit einiger Zeit und kannten sich aus. Wer weiß, wie sie sich damals bei ihrer Aufnahmeprüfung gefühlt hatten.

Inmitten der Eingangshalle stand ein Schild »Aufnahmeprüfung Saal 4« mit einem Pfeil, der nach rechts deutete. Mama drückte aufmunternd meine Hand. Mit zitternden Knien ging ich ihr hinterher. Vor dem Saal saßen zwei Frauen an einem Tisch und verglichen Namenslisten mit den Ausweisen der Anwärter. Dann vergaben sie Nummern und zeigten allen, wo sie warten konnten. Greta sah blass aus.

»Die meinen das hier richtig ernst! Das ist ja wie im Fernsehen bei den Castingshows. Ich glaube, ich sterbe gleich vor Aufregung!« Das durfte wohl nicht wahr sein. Da nahm ich meine beste Freundin mit zum Vortanzen, damit sie mir helfen und mich beruhigen konnte – und dann war sie nervöser als ich?

»Greta! Du bist keine große Hilfe! Was soll ICH denn erst sagen? Ich muss da gleich rein. Du musst nur Daumen drücken, aber ich kann mich voll blamieren. Die hatten hier bestimmt alle super Trainer und tanzen seit ihrem dritten Lebensjahr. Ich dagegen habe bislang nur in meinem Zimmer getanzt und ab und zu in einem zweitklassigen Kurs in Freiburg. Das wird bestimmt voll peinlich!«

Mama nahm mich tröstend in den Arm. »Denk daran: Sie haben dich auf den Videos, die ich ihnen geschickt habe, tanzen sehen. Wenn ihnen das nicht gefallen hätte, wärst du jetzt nicht hier! Außerdem hast du nichts zu verlieren. Selbst wenn es nicht klappt, gehen wir mit hocherhobenem Haupt hier raus, und du musst niemanden je wiedersehen. Aber stell dir vor, dass du einfach so tanzt, wie du immer tanzt: voller Freude und Kraft – und dass sie dich nehmen. Was das für ein tolles Gefühl sein wird!«

Mama hatte recht. Ich fühlte mich gleich besser, stellte mich aufrecht hin, den Kopf erhoben, und dachte einfach daran, wie gerne ich tanzte. Ich begann, mich nur auf mich zu konzentrieren und merkte gar nicht, wie ein Kandidat nach dem anderen aufgerufen wurde.

Wie in Trance hörte ich irgendwann meine Nummer – die elf. Jetzt ging es los!

Mama schob mich durch die Tür. In dem holzvertäfelten

Saal gab es eine große, hell ausgeleuchtete Bühne und davor im Halbdunkel ein paar Stuhlreihen. Mama und Greta durften an der Seite der Bühne Platz nehmen. Bei genauerem Hinsehen erkannte ich, dass drei Lehrer der *Academy* in der ersten Reihe saßen, unter ihnen Mimi Fuentes, die beste Tänzerin der Welt!! Ich kannte alle ihre Videos und Auftritte. Sie tanzt mit Popstars, alleine, ist Jurorin bei einer großen Tanzsendung und tanzt auch auf Festivals. Sie war mein großes Vorbild. Ach, und sie war wunderschön!

Als sie mich anlächelte, war die Angst mit einem Schlag verschwunden. »Hallo, Leonie. Du hast eine weite Reise hinter dir, sehe ich. Schön, dass du gekommen bist. Wir sind gespannt, was du uns mitgebracht hast.« Sie sprach sehr freundlich zu mir, als sei es das Normalste auf der Welt.

»Ich habe zwei Nummern dabei. Zuerst Hip-Hop und dann eine Street-Style-Nummer«, antwortete ich ohne zu stottern. Mimi nickte mir aufmunternd zu.

Ich stellte mich auf den großen, roten Punkt auf der Bühne, wartete und holte tief Luft. Als die Musik einsetzte, blendete ich alles um mich herum aus und stellte mir vor, ich sei in meinem Zimmer in Waldesruh, und tanzte und tanzte. Automatisch kamen die Schritte zur Musik, ich machte alles richtig, dachte an Spannung, Ausdruck und vor allem an den Spaß am Tanz.

Als ich fertig war, klatschte mein Vorbild Mimi Fuentes und hielt den Daumen hoch. Mama sah unglaublich stolz aus und hatte, glaube ich, sogar Tränen in den Augen! Greta winkte wie verrückt und hatte ihre typischen roten Flecken im Gesicht. Die bekommt sie immer, wenn sie aufgeregt ist. Und noch jemand klatschte und pfiff anerkennend durch die Finger: ein unfassbar gut aussehender Junge, der, während ich vorgetanzt hatte, in den Saal gekommen sein musste.

Da wusste ich natürlich noch nicht, dass er Finn heißt und Viktoria, der schlimmsten Schlange an der *Dance Academy*, »gehörte« … Ich sah nur den süßesten Jungen des gesamten Universums auf mich zukommen und war sofort wieder nervös. Ihr müsstet mal seine grün gesprenkelten Augen sehen und wie er sich durch die Haare fährt, wenn er lacht! SEUFZ! Und dieser Junge sprach ausgerechnet MICH an! »So gut habe ich schon lange niemanden mehr tanzen sehen. Du hast ein super Rhythmusgefühl, und deine Bewegungen sind ungewöhnlich, aber echt cool! Ich bin Finn, und du?«

»L-l-leonieeee«, stotterte ich schockverliebt.

»Wir werden uns jetzt bestimmt öfter sehen, denn wenn sie dich nicht nehmen, weiß ich es auch nicht!«, sagte Finn freundlich und nickte mir zu.

Habe ich gesagt, Hamburg sei leider zu weit weg von zu Hause? Nein, Hamburg war definitiv der beste Ort der Welt, wenn Jungs wie Finn hier lebten. Als dann noch Mimi Fuentes mit meiner Mama sprach und ihr sagte, ich sei auf alle Fälle aufgenommen, und mir gratulierte, schwebte ich drei Meter über dem Boden. »Na, ist doch gar nicht so übel hier, oder?« Mama umarmte mich freudestrahlend.

»Nein, ist es überhaupt nicht! Das ist MEGA!«, antwortete ich und gab ihr einen Kuss auf die Wange.

»Das müssen wir unbedingt feiern!«, rief sie und ließ mich überhaupt nicht mehr los. Greta kreischte einfach nur minutenlang, und wir tanzten wie die Wilden auf und ab.

Vor der Tür wurde uns eine der älteren Schülerinnen namens Katharina zugewiesen, die uns die beiden Wohnhäuser für die Internatsschüler zeigte, getrennt nach Mädchen und Jungen. Die Häuser lagen in dem alten Park versteckt und waren atemberaubend renoviert. In dem Haus, in dem ich wohnen würde, lebten ungefähr fünfzig Tänzerinnen. Eine helle, breite Holztreppe führte in den ersten Stock, wo die Zimmer lagen. Es gab Zweibettzimmer und Dreibettzimmer, alle groß genug und sehr gemütlich eingerichtet.

Wir durften zwei Zimmer besichtigen, und zum Glück sah man gleich, dass die Mädchen die Zimmer so gestalten durften, wie es ihnen gefiel. Aus den Augenwinkeln sah ich, wie Mama schluckte, als wir die Zimmer besichtigten. Ich drückte ihre Hand und flüsterte so, dass Katharina es nicht hören konnte: »Ich komme ja zwischendurch nach Hause!«

Sie nickte und lächelte. Ich war viel zu glücklich und aufgeregt. Ich hatte die Prüfung bestanden, bekam ein Stipendium!!! An Heimweh konnte ich noch gar nicht denken. Greta war ebenfalls begeistert – am liebsten wäre sie mit eingezogen. Hach, das Leben war einfach nur schön!

3. KAPITEL

Tja, das war, bevor ich wusste, dass es »Viktoria-ich-bin-die-Schönste-im-ganzen-Land-von-Vierstädter« gab.

Bis dahin sollte ich nach einem gemütlichen Weihnachtsfest im Kreise meiner Lieben und unserer anschließenden Silvesterparty völlig unwissend meine Koffer in Waldesruh packen, mich zwar unter Tränen von Familie und Freunden verabschieden, aber trotzdem wie verrückt auf meine Zeit im Internat freuen. Jeden Tag Tanzen mit den Besten des Landes. Ich konnte es immer noch nicht fassen! Das neue Jahr fing unfassbar gut an!

Als ich voll motiviert am ersten Schultag zum Training kam, schien es mir, als ob Viktoria bereits auf mich gewartet hätte.

Leider sollte ich damit recht behalten. Wie sich herausstellte, hatten ein paar aus der Klasse gesehen, wie Finn und ich nach meiner Aufnahmeprüfung miteinander sprachen, und bevor Viktoria mich überhaupt kannte, fand sie mich wohl ätzend! In ihrem Fall bedeutete das den sozialen Ruin.

Als Mimi Fuentes mich in der Klasse vorstellte und sagte, dass ich aus einem kleinen Dorf namens Waldesruh käme und nun auch im Internat lebte, lachte Viktoria höhnisch und sagte so laut, dass alle es hören konnten: »Seit wann dürfen Bauerntrampel bei uns mittanzen?«

Viktoria schien ein komplettes Gefolge an Mädchen zu haben, die versuchten, wie sie auszusehen, und die alles lustig und toll fanden, was sie sagte. So richtig hirnamputierte Zofen! Sie kicherten auch alle sofort los, minutenlang, am lautesten aber lachte die fiese Viktoria selbst, bis Mimi sagte, dass sie sofort damit aufhören sollten. Zum Glück gab es Marie und Anna, mit denen ich mir ein Zimmer teilte. Sie hatten mich sofort begrüßt und mir alles gezeigt. Und sie steckten mir auch, dass Finn Viktorias Freund war. Wie konnte ein so cooler und netter Junge Viktoria von Vierstädter gut finden? Na ja, sie sah aus wie ein Model mit ihrem seidigen blonden, langen Haar und der leicht gebräunten Haut. Außerdem trug sie Klamotten, die ich höchstens in irgendwelchen Zeitschriften gesehen hatte. Aber trotz allem war sie einfach nicht nett. Sie lächelte nicht von Herzen, sie fand sich selbst offenbar umwerfend und war anscheinend gerne fies. Gefiel das Finn etwa? Ich verstand es nicht. Anna und Marie zum Glück auch nicht! Meine Mitbewohnerinnen waren aber auch super sympathisch.

Marie hatte blonde Locken. Ihr Gesicht war mit vielen Sommersprossen übersät. Sie war immer gut drauf, hatte Humor und redete die ganze Zeit, was vielleicht daran lag, dass sie das jüngste von vier Kindern war. Anna war eineiiger Zwilling, aber ihre Schwester konnte nicht tanzen, weshalb Anna alleine an der *Academy* angemeldet war.

Sie hatte tolle glatte, dunkle Haare, hellblaue Augen, und sie war auffallend hübsch. Anna hatte einen lieben, aber auch ein wenig schüchternen Charakter. Vielleicht wirkte es aber auch nur so, weil Marie die ganze Zeit lachte und plapperte.

Die beiden konnten Viktoria und ihre Fans auch nicht leiden. »Die werden jeden Tag von ihren Kindermädchen zum Training in so großen Jeeps gefahren. Das musst du sehen, die haben ständig neue Klamotten, und am Wochenende gehen sie in ein Mädchen-Spa!«

Was war denn bitte ein Mädchen-Spa? Marie erkannte an meinem Blick, dass ich keine Ahnung hatte. »Das ist wie ein Kosmetiksalon für Mädchen. Da werden ihre Fingernägel gefeilt und lackiert und ihre Haut mit Masken und Cremes eingerieben. Es gibt einen Friseur, der ihnen Haarpackungen macht und die Spitzen schneidet und danach die Haare total pompös aufföhnt.« Ich erfuhr, dass auch Viktorias beste Freundinnen aus Hamburg stammten und nicht im Internat lebten – im Gegensatz zu Finn.

»Und nach ihrem Spa-Besuch gehen sie alle ins ›Moritz‹. Das ist ein Café, wo sie Cola light trinken und Kuchen essen. Und dann holt sie eine ihrer Mütter oder ein Kindermädchen ab, um sie zum Tennis oder Golfunterricht zu kutschieren.«

Anna ergänzte: »Oder zum Reiten. Sie haben nämlich alle ein eigenes Pferd!«

Wenn ich ganz ehrlich war, klang das alles ziemlich aufregend. Fast wurde ich ein wenig neidisch. Wenn die nur nicht alle so schrecklich arrogant und unsympathisch gewesen wären.

»Denen geht's aber gut!« Das meinte ich wirklich so. Marie und Anna schüttelten den Kopf.

»Nein, Sophie und Katharina geht es gut. Die haben nämlich eine nette Familie. Aber Viktoria hat eine super ehrgeizige Mutter. Mit der möchtest du im Leben nicht tauschen. Macht hier immer ein Theater, dass sie etwas Besseres sind, weil sie zum Adel gehören. Voll ätzend!«

Viktoria war also das beliebteste Mädchen in meiner *Dance Academy*-Klasse, ach was, das beliebteste It-girl der ganzen Schule, nur weil sie immer die neuesten Klamotten trug und sich für was Besseres hielt. Natürlich lebte sie in Hamburgs feinstem Viertel und wohnte nicht im Internat. Sie wurde täglich in wechselnden Autos zum Unterricht vorgefahren und wieder abgeholt.

Viktorias Familie war adlig, stinkreich und sehr darauf bedacht, sich nicht mit Normalsterblichen einzulassen, er-

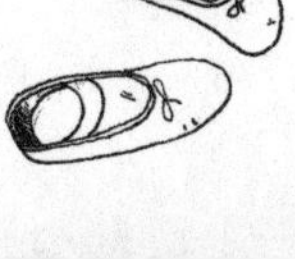

fuhr ich weiter. Viktoria machte Ferien in den USA, sprach fließend Englisch, weil sie ein englisches Kindermädchen hatte, und ging einmal die Woche mit ihrer Mutter zum Friseur, um sich ihre blonden langen Haare glätten zu lassen. Außerdem trug sie immer ihren goldenen Siegelring mit blauem Familienwappen, damit jeder sofort sah, dass sie adlig war.

Ganz schön kompliziert war das alles hier, zu Hause in Waldesruh hätten sie bestimmt gedacht, dass die alle spinnen. Aber das Wichtigste war für mich, dass ich hier meinen Traum vom Tanzen leben durfte. Das sagte ich mir immer wieder. Außerdem hatte ich in Marie und Anna zwei tolle neue Freundinnen gefunden. Als Willkommensgruß hatten sie unser gemeinsames Zimmer dekoriert, Kuchen gebacken und vor der Tür Luftballons aufgehängt. Außerdem stand ein Blumenstrauß auf dem Tisch.

Bevor es zur offiziellen Begrüßung aller Schüler ging und dann zum Nachmittagsunterricht, hatten wir Pause. Wir aßen Kuchen, fragten uns gegenseitig Löcher in den Bauch und diskutierten den eisigen Empfang, den mir Viktoria bereitet hatte. Danach ging es zur offiziellen Begrüßung der Neuen – und dann begannen wir endlich mit dem Tanzunterricht. Es war einfach nur mega! Mimi Fuentes war nicht nur die beste Tänzerin, sondern die beste Lehrerin überhaupt! Der Unterricht machte so viel Spaß, dass ich kaum merkte, wie die Zeit verging. Sie achtete auf alle Schüler, übte mit denen, die etwas länger brauchten, gab hier und da Tipps und vermittelte dabei die ganze Zeit, wie viel Spaß sie selbst am Unterrichten hatte. Was war ich aufgeregt gewesen, ob ich mithalten könnte oder wie ich mich anstellen würde! Schnell merkte ich, dass ich wohl sehr gut begriff und auch umsetzen konnte. Ich gehörte sogar offensichtlich zu den Besten, was Viktoria sichtlich missfiel. Ständig warf sie mir giftige Blicke zu.

Am Ende lobte mich Mimi sogar vor allen: »Leonie, du bist eine wahre Bereicherung für die *Dance Academy*. Du hast das sehr schnell sehr gut nachgetanzt. Weiter so!« Mein Herz machte Purzelbäume vor Freude und Stolz. Ein Lob von Mimi Fuentes hätte ich mir nie träumen lassen! Als dann auch noch Finn in den Proberaum kam, um Viktoria ein ausgeliehenes Buch zurückzugeben, und mich dabei supersüß anlächelte und mir zuwinkte, war der Tag perfekt. Na ja, fast perfekt, denn als ich zufällig Viktoria-Schlange-von-Vierstädters Blick sah, wurde mir übel.

Mit hochgezogenen Augenbrauen machte sie mir klar, dass ich gerade auf ihrer Kiekerliste unangefochten auf Nummer eins geklettert war, und das würde bestimmt so lustig werden wie ein Zahnarztbesuch! Auf dem Weg Richtung Pausenhof hörte ich eine ihrer Zofen sagen: »Hast du gesehen, wie Finn die Neue angeschaut hat?«

Viktorias Gesicht blieb eisern. »Meinst du das Landei Leonie mit der grauenhaften Frisur, die selbst vor fünf Jahren längst keine mehr getragen hat? Wo ist das Problem? Finn kann doch sprechen, mit wem er will. Wir sind superglücklich, erst gestern hat er mir die hier geschenkt.« Aus den Augenwinkeln sah ich, wie sie unter ihrem Trikot eine Herzchenkette hervorholte und die Mädchen um sie herum aufgeregt zu kreischen begannen. Eine rief ehrfürchtig: »Die ist ja von Tiffanys!« »Oh Mann, Finn ist der Hammer! So einen Freund will ich auch!«

Schau an, ich hatte also doch etwas mit Viktorias Hofdamen gemeinsam. Wir alle standen auf Finn! Was es nicht gerade leichter machte. Marie, Anna und ich holten uns belegte Brote beim Pausenbäcker. Das Tanztraining war anstrengend gewesen – kein Wunder, dass mein Magen so knurrte!

Wir setzten uns abseits von Viktoria und ihren Hühnern auf die Stufen und sahen dem Treiben zu. Alle schwirrten wie im Bienenstock um Viktoria herum und buhlten um ihre Aufmerksamkeit – als ob sie die Bienenkönigin wäre. Viktoria aß nur etwas Obst! Wie hielt sie denn das anstrengende Training durch, wenn sie nur Obst aß? Gesund konnte das nicht sein. Aber was wusste ich schon? Angeblich war ich ja nur die zurückgebliebene Landpomeranze … »Sagt mal, sehen meine Haare wirklich so übel aus?«, fragte ich Anna und Marie.

Marie lachte unbekümmert los: »Also, ›übel‹ würde ich das nicht nennen, ein hübsches Mädchen wie dich kann nichts entstellen. Aber ich glaube, man könnte mehr daraus machen. Wenn du das überhaupt willst.« Das musste ich mir gut überlegen, schließlich wollte ich keine neue Frisur, nur weil Viktoria darüber gelästert hatte.

Der Pausengong läutete zum dritten Mal, wir mussten wieder hinein. Es standen noch eine Stunde Ballett und eine Stunde Englisch auf dem Plan.

Im Ballettunterricht merkte ich, dass ich hinterherhinkte. Kein Wunder, seit Jahren hatte ich nicht mehr an der Stange gestanden und in Spitzenschuhen Pas de deux geübt. Ballett war für mich ab dem Moment nicht mehr spannend gewesen, in dem ich das erste Mal Hip-Hop und Street Style erlebt hatte. Da konnte ich viel freier tanzen und mir selber Schritte ausdenken. Ballett besteht dagegen aus Regeln. Madame Dubois, eine Französin, wirkte ziemlich streng mit ihrem schwarzen Dutt und der kerzengeraden Haltung. Sie bemerkte sofort, dass ich ungeübt war, aber sie erkannte wohlwollend an, dass ich alles gab und nicht müde wurde, immer und immer wieder zu üben. Dabei schmerzten meine Füße bereits von den ungewohnten Bewegungen.

»Ich se-ö, du -ast Biss, meinö Liebö! Das mag isch sehr!«, sagte sie und lächelte mich aufmunternd an. Sie schien zwar streng zu sein, aber dafür nett, sofern man Leistung zeigte und ihren Unterricht ernst nahm. Das konnte sie gut honorieren. Viktoria war natürlich wie geboren für das Ballett. Mit ihrem blonden, perfekt sitzenden Dutt, dem weißen Anzug und Tutu sah sie aus wie der wahr gewordene Traum einer Prinzessin. Dazu die perfekten weißen Zähne und ihre anmutigen Bewegungen. Rein optisch konnte ich verstehen, weshalb Finn mit ihr zusammen war, und wollte ihn mir aus dem Kopf schlagen. Aber immer wenn ich versuchte, nicht an ihn zu denken, schoss mir das Bild von seinem Gesicht in den Kopf, wie er mich anlächelte und mir zuzwinkerte! Während die anderen schon Sprünge und Drehungen auf Spitze übten, ging Madame Dubois mit mir noch mal an die Stange. »Streck disch, mein Kind, mach disch goonz lang, die Armö geradö in einer Liniö nach oben. Und läschöln nischt vörgössen!« Mit dem letzten Quäntchen Energie streckte ich mich und lächelte, was das Zeug hielt – auch wenn meine Muskeln kurz vor dem Aufgeben standen. Puh, tat das weh.

Zufrieden nickte Madame Dubois mir zu. »Sehr schön! Isch würdö sagen, dass du die örsten drei Monatö zusätzlich vier Stunden Einzeltraining von misch bekommst, und dann bist du wiedör auf Niveau von die Klasse!«

Brav bedankte ich mich. Auch wenn ich auf Ballett nicht so viel Lust hatte, würde es mit Madame Dubois zwar anstrengend, aber bestimmt auch gut werden. Sie konnte mich geschickt motivieren. Außerdem half mir das Ballett, mich noch präziser bewegen zu lernen, was mich auch bei den anderen Tanzstilen weiterbringen würde.

Nach dem Ballettunterricht war Englisch geradezu eine Erholung. Erschöpft streckte ich meine geschundenen Füße unter dem Tisch aus und nahm mein Heft, um Grammatikregeln aufzuschreiben. Zum Glück war ich in Englisch gut und konnte ohne Probleme mithalten. Das war wichtig, denn die *Dance Academy* legte nicht nur Wert auf gute Tanzleistungen, sondern auch auf gute Schulnoten, vor allem bei

Stipendiaten wie mir. Unser Lehrer, Herr Frommer, war ein etwas kauziger, älterer Mann. Er trug ein Tweet-Jacket und Cordhosen. Seine Englandbegeisterung war nicht zu überhören, und ich konnte ihn mir gut in England vorstellen, wie er in einem Club am Kamin saß, gepflegt Tee trank und über das Wetter sprach, das heute wirklich lovely sei.

Als die Stunde vorbei war, strömten wir in die Mensa zum Abendessen. Sie war in einem alten Saal mit hohen Decken untergebracht. Lange Holztische mit Bänken standen in gleichmäßigem Abstand auf dem schwarz-weißgefließten Boden. Kronleuchter hingen von der Decke und tauchten den Saal in ein gemütliches Licht. Man konnte fast glauben, in Hogwarts gelandet zu sein.

An der Essensausgabe stand eine rundliche Frau, die ununterbrochen zu lachen schien. Sie füllte leere Schüsseln nach und passte auf, dass von allem genug da war. Ich machte Marie und Anna einfach alles nach: nahm mir ein Tablett, suchte mir als Vorspeise einen Salat aus, als Hauptgericht Nudeln mit Lachs und zur Nachspeise einen Milchreis. Vollgepackt gingen wir an unseren Tisch – anscheinend gab es Stammplätze, die niemals getauscht wurden. Es war nicht schwer zu erraten, dass wir nicht an Viktorias Tisch saßen. Anna und Marie hatten sich schon immer von ihr ferngehalten – sehr zu meiner Erleichterung, denn ich konnte mir nicht vorstellen, die ganze Zeit beim Essen Viktoria bewundern und mit Komplimenten überhäufen zu müssen. Wenn ich dem bunten Treiben zusah, konnte ich nicht glauben, was sich in meinem Leben in den letzten Wochen alles geändert hatte. Noch vor Kurzem hatte ich mir mit Greta in Waldesruh beim EDEKA Leberkäsebrötchen geholt, dann gab es zu Hause wegen Mamas Spleen nur noch exotisches Essen, und jetzt würde eine Mensa im besten Tanzinternat Deutschlands mein tägliches Zuhause für die Mahlzeiten werden. Marie erklärte mir gerade, wie das hier mit dem Abgeben der schmutzigen Wäsche funktionierte, als Finn an unserem Tisch vorbeischlenderte. Mir wurde schlecht, und ich hoffte inständig, nicht rot zu werden. Zum Glück war ich noch schön braun im Gesicht vom Skifahren auf dem Feldberg, da sah man meine Aufregung vielleicht nicht. Finn war fast schon an unserem Tisch vorbei, als er mich bemerkte und freudestrahlend begrüßte. Ohne zu zögern stellte er sein Tablett bei uns ab und setze sich zu uns, als sei es das Normalste der Welt.

Vom Nebentisch aus beobachtetete Viktoria alles haargenau, zeigte aber keine Reaktion. Ich wollte nicht wissen, was sie gerade dachte …

»Und, hast du dich schon eingelebt? Wie gefällt es dir hier?«, fragte er und sah mich interessiert an, während er seine Suppe löffelte.

»G-gut!«, brachte ich stotternd heraus, aber dann beruhigte ich mich und erzählte, wie mein erster Schultag verlaufen war.

»Nur im Ballett muss ich ganz schön ranklotzen!«, redete ich wenig später drauflos.

Finn lachte. »Ja, Madame Dubois erwartöd goonz schön vielö Leistungö!«

Wir mussten alle lachen, woraufhin Viktoria pikiert ihre Augenbrauen hochzog. Finn sah zu ihr rüber und winkte. »So, ihr Lieben, ich esse dann mal mein Schnitzel am Nebentisch. Bis später!« Er stand auf und nahm sein Tablett mit. An Viktorias Tisch wurde er mit großem Hallo empfangen. Sie umarmte ihn demonstrativ und sah kurz zu mir herüber. Ein Blick, der alles gefrieren ließ. Ich hatte sie mir definitiv zur Feindin gemacht.

Nach dem Abendessen ging ich auf unser Zimmer und skypte meine Familie an. Skype ist wirklich die beste Erfindung überhaupt. Man fühlt sich gleich ganz nah an zu Hause dran, und das konnte ich jetzt wirklich gut gebrauchen. So spannend und aufregend das alles hier war, so gut tat es mir, meine Familie im Rücken zu wissen.

»Bei uns gibt es heute Abend was Russisches zu essen!«, rief Mama und nahm mich per Laptop mit in die Küche, wo sie schon den Tisch gedeckt hatte. Ihre kulinarische Reise hatte sie in das neue Jahr mitgenommen – es gab noch zu viele exotische Rezepte aus fremden Ländern, die sie ausprobieren wollte. Sie zeigte auf die große Suppenschüssel, aus der es dampfte; maultaschenähnliche Klöße schwammen darin.

»›Borschtsch‹ heißt das. Wenn es lecker ist, koche ich es noch einmal für dich nach. Und wie ist es bei dir? Wie war dein erster Tag?« Und ich erzählte.

4. KAPITEL

Als wir am nächsten Morgen durch den Park Richtung Schulgebäude gingen, sah ich durch die immergrüne Hecke, wie ein schwarzer Geländewagen vorfuhr. Eine Frau mit langen blonden Haaren stieg aus, sie trug auffallend hohe Stöckelschuhe. Okay! Die Ähnlichkeit war frappierend. Das konnte nur Viktorias Mutter sein. Zumindest stand sie ihr in nichts nach, was den arroganten Blick und die langen blonden Haare anging. Vorsichtig duckten Anna, Marie und ich uns hinter der Hecke, um die beiden zu beobachten.

Noch nie hatte ich eine so gut angezogene Frau wie Viktorias Mutter gesehen. Wie lange sie wohl jeden Morgen brauchte, um so auszusehen? An ihrer Hand funkelten zwei Ringe – ein fetter Diamantring und ein Ring mit Adelswappen – bestimmt das Familienwappen, denn Viktoria trug denselben Ring. Sie besprachen etwas, und ich rutschte noch

ein bisschen näher, um hören zu können. Wie war das noch mal? *Der Lauscher an der Wand hört seine eigene Schand?* In meinem Fall eher: die Lauscherin an der Hecke … »Wie war's gestern im *Help Club?*«, fragte Viktoria ihre Mutter höflich.

Das klang total komisch, als ob sich zwei Erwachsene unterhielten. Anna hatte mir schon gesteckt, dass Viktorias Mutter Mitglied im *Help Club* war, einem Club reicher Frauen, die sich regelmäßig trafen und überlegten, in welches soziale Projekt sie ihr Geld pumpen sollten. Viktorias Mutter nickte. »Gut war es. Und du hast anscheinend immer noch schlechte Laune«, stellte sie nüchtern fest. »Willst du mir nicht endlich sagen, was passiert ist?«

Ich hielt den Atem an, denn ich konnte mir zusammenreimen, was oder besser wer dahintersteckte. »Wir haben eine Neue in der Klasse. Ein Waldschrat und Dorftrottel namens Leonie. Trägt Klamotten, die wir nicht mal in die Altkleidersammlung geben würden, und die Frisur ist einfach nur lachhaft.«

Viktorias Mutter öffnete den Kofferraum und holte Viktorias Sporttasche heraus. »Aber was ärgert dich denn so an ihr?«, fragte sie verständnislos.

»Sie flirtet mit Finn bzw. Finn findet sie nett, und sie tanzt leider gut! Hat ein Stipendium bekommen. Finn hat sich beim Essen neben sie gesetzt. Ich hab mir aber nichts anmerken lassen.«

Plötzlich schien ihre Mutter hellhörig, denn sie drehte

sich zu Viktoria. »Wie ärgerlich! Aber du hast alles richtig gemacht und die Situation unter Kontrolle gehabt. Und darum geht es im Leben. Die Haltung zu bewahren und sich nichts anmerken zu lassen. Du weißt ja, ›Noblesse oblige‹!«

Anscheinend hörte Viktoria diesen Satz öfter, denn sie wehrte nur ab: »Ja, ich weiß. *Adel verpflichtet*!«

Frau von Vierstädter schloss den Kofferraum und öffnete die Fahrertür. Dabei ließ sie Viktoria nicht aus den Augen.

»Viktoria, wir von Vierstädter haben uns alles im Leben erarbeitet, und damit meine ich nicht nur unseren Wohlstand. Zu einem erfolgreichen Leben gehören auch erfolgreiche Freunde. Aus diesem Grund schicken wir dich auf die beste Schule und lassen dich mit Hamburgs Elite Tennis und Golf spielen. Sieh es als Investition, die du eines Tages hoffentlich nutzen kannst! Und denke daran: Du trägst deinen Namen nicht zufällig. Viktoria kommt aus dem Lateinischen und heißt Siegerin! Nimm dich zusammen und lass dir von der Neuen nicht auf der Nase herumtanzen! Tschüss, meine Große, bis heute Abend.«

Sie stieg ein, startete den riesigen schwarzen Geländewagen mit den getönten Scheiben, und weg war sie. Falls ich es bislang nur gedacht hatte, bekam ich jetzt die Bestätigung, dass Viktoria mich zur neuen Intimfeindin erkoren hatte. Ich wusste nicht, vor wem ich mehr Angst haben sollte: vor Viktoria oder ihrer Mutter, der Eiskönigin.

Marie, Anna und ich gingen unauffällig an der Hecke entlang weiter.

»Was ist mit dir? Du bist ganz blass?«, sagte Marie zu mir.

Ich zuckte mit den Schultern, hatte gar nicht bemerkt, wie kalt mir geworden war: »Tja, ist ja nicht besonders verheißungsvoll, was wir da eben gehört haben, oder? Und Viktorias Mutter wirkt einfach nur gruslig!« Wir blieben stehen. Ich musste einfach mit den beiden darüber reden. »Und was ich am schlimmsten fand, war, dass die Mutter erst reagierte und anscheinend zum Leben erwacht ist, als es um Finn ging. Das war irgendwie voll komisch.«

Aber Marie fand das überhaupt nicht komisch. »Du kannst es noch nicht wissen – aber Frau von Vierstädter rechnet fest damit, eines Tages Finn als Schwiegersohn zu bekommen. Das hat Viktoria wohl einer ihrer Zofen in einer schwachen Stunde erzählt, und die hat nicht den Mund gehalten. Viktorias Mutter will für Viktoria nur das Allerbeste, weil sie dadurch selber höher angesehen wird. Das ist auch der Grund, weshalb sie Finn so toll findet. Finns Familie gehört zu einer der einflussreichsten in ganz Berlin. Sein Urgroßvater war sogar Bundespräsident, und noch heute geht ein anerkennendes Raunen durch den Raum, wenn wir irgendwo sind und Finn seinen Nachnamen nennt: von Weißenberg«.

In diesem Moment vermisste ich meine Mama. Zum Glück war sie herzlich und normal und setzte mich nie unter Druck.

Daisy sah uns dastehen und kam tänzelnd und lachend auf uns zu. »Na, Mädels? Kommt, wir müssen uns beeilen! Die erste Stunde geht gleich los.«

Der Schultag war ganz in Ordnung. Am besten war natürlich der Tanzunterricht! Das Tanzen war im Moment das, was ich kannte, es war vertraut wie eine gute Freundin, die immer für einen da war. Wenn die Musik startete, war ich in einer eigenen Welt, und die konnte in Waldesruh, Hamburg oder sonst wo sein. Tanzen erdet mich, wenn ich tanzen kann, ist alles gut.

Als ich abends schon im Bett lag, klingelte mein Handy. Ein FaceTime-Anruf von Greta. Ich kroch unter die Bettdecke und knipste meine Taschenlampe an, um die anderen nicht zu stören.

Greta lag ebenfalls schon im Bett. Sie trug ihre Zahnspange, was sie zum Glück nur nachts machen musste. Mit dem Teil im Mund lispelte sie immer ein bisschen. »Du glaubst nicht, was hier heute los war! Irgendwer hat sich einen Scherz mit Bauer Vogler erlaubt, ist in den Stall geschlichen und hat die Schweine und Kühe geschminkt. Das sah vielleicht aus!«

Sie prustete los, und ich musste mitlachen. Zu komisch war die Vorstellung, zumal Bauer Vogler immer besonders stolz auf seine Tiere war. Er rühmte sich so oft im Dorf, die schönsten Tiere zu haben, dass es anscheinend jemandem gereicht hatte und er ihm mal eine Lektion erteilen wollte. Ich konnte mir lebhaft vorstellen, was das heute für ein Aufruhr und Spaß dort gewesen sein musste. Es versetzte mir einen leichten Stich. Zu gerne wäre ich dabei gewesen. »Und wie ist es bei dir in der großen aufregenden Stadt?«

»Wie im Fernsehen! Hier gibt es Mädchen, die würden in Waldesruh keinen Tag überleben. Und die Mütter erst! Wenn du Viktoria und ihre Mutter, ›Frau von Vierstädter‹, sehen und erleben würdest – du würdest denken, die hat jemand erfunden!«

Schnell erzählte ich ihr die ganze Aktion und sah mit Genugtuung, wie Greta sich ungläubig die Hand vor den Mund schlug und den Kopf schüttelte. »Du hast recht! Wie im Fernsehen. Du Arme! Aber aufregend ist es trotzdem, und Finn ist ja auch echt der absolute Traum!« Greta hatte Finn bei der Aufnahmeprüfung gesehen und schwärmte seither für ihn. Wir verabschiedeten uns, und schnell segelte ich erschöpft von all dem Neuen ins Land der Träume.

Der nächste Tag wurde zum absoluten MHT (Megahorrortag)!

Ach was, zum schlimmsten Tag überhaupt!

Dabei hatte er so gut angefangen: Mimi verkündete im Training, dass wir alle für die Hamburger Stadtmeisterschaften im Streetdance angemeldet sind, die kurz vor den Sommerferien hier stattfinden. Wie cool war das denn!?

Vor Kurzem hatte ich noch in Waldesruh in meinem Zimmer vor dem Spiegel geübt, einziger Zuschauer dabei mein Hund Puschel, und jetzt trainierte ich für die Hamburger Stadtmeisterschaften?!?

»Ihr werdet auch gegeneinander antreten, und aus diesem Grund müssen wir die Klasse in mehrere Gruppen aufteilen. Ihr dürft das selber entscheiden. Falls es nicht aufgeht, helfe ich mit.«

Das musste Mimi nicht, denn sofort war klar, wer mit wem tanzen würde. Anna, Marie und ich trugen uns als Gruppe ein, Grinsekuh Viktoria, die neuerdings mit echter Louis-Vuitton-Tasche zum Unterricht kam, scharte ihre Anhängerinnen um sich und wählte Sophie und Charlotte, was sofort zum Zickenkrieg führte, weil alle anderen auch in Viktorias Gruppe sein wollten.

Leider konnte Viktoria richtig gut tanzen! Kein Wunder, wenn man von klein auf von den besten Lehrern unterrichtet wurde. Na gut, Talent gehört auch dazu. Sie hat es, das kann man deutlich sehen.

Mimi teilte dann die restlichen beiden Gruppen auf, jetzt mussten wir einen Namen für unsere Gruppen finden.

»Was haltet ihr von *Twisters*?«, schlug Marie vor. Anna und ich schüttelten den Kopf und überlegten selber mit. *»Fire Girls, Fresh Girls?«*

Irgendwie passte das alles nicht. Plötzlich rief Anna: »Ich

hab's! Wir nennen uns die *Dynamites*!« Das war's! Wir drei waren eine hoch explosive Mischung und hatten genauso viel Power und Feuer in den Beinen wie Dynamit!

Wir waren begeistert, unser Name stand. Als Mimi uns aufforderte, unseren Gruppennamen vorzutragen, herrschte gespannte Stille.

Die ersten beiden Gruppen gaben ihre Namen bekannt: *Remix* und *Moskitos*. Alle klatschten höflich. Dann hatte Ich-bin-die-Tollste-hier ihren Auftritt. Viktoria.

Mit einem gekünstelten Lächeln, das ihre perfekt weißen Zähnen zeigte (angeblich darf sie die schon bleechen!), holte sie aus und hängte es erst mal schön hoch auf:

»Ihr wollt bestimmt wissen, wie meine Gruppe heißt!« Stille, ein Viktoria-Augenaufschlag, und schließlich rief sie siegessicher: »Wir sind die *Dancing Queens*«, und alle klatschten begeistert.

Na, das passte ja! Die Tanzköniginnen, nicht Prinzessinnen, nein, gleich Königinnen, alles andere war unter ihrer Würde.

»Ich finde, der Name passt mehr in die Ballettgruppe und nicht in die Hip-Hop-Streetdance-Ecke, oder?«, flüsterte Marie uns zu. Allerdings! Der Name klang altmodisch und spießig, aber Viktoria konnte einfach alles verkaufen mit ihrem Werbegesicht. Mimi nickte uns dreien als Letztes zu.

Ich stand auf und blickte in die erwartungsvollen Gesichter. Ich räusperte mich kurz und sagte: »Anna, Marie und ich nennen unsere Gruppe *The Dynamites*!« Ein anerkennendes Raunen ging durch den Raum, gefolgt von Applaus. Nur Viktoria musste natürlich einen dummen Kommentar abgeben.

»Na super. Hoffentlich sprengen sie sich in die Luft!« Sie sagte es nicht laut, aber so, dass ich es hören konnte. Dabei lächelte sie zuckersüß. Ich hab zwar viel Humor, aber das fand ich nun überhaupt nicht lustig. Das ging schlichtweg zu weit und war nur boshaft! Viktoria war einfach zu raffiniert! Wenn Mimi das gehört hätte, hätte sie bestimmt Ärger bekommen!

Als die Pausenglocke läutete und wir Richtung Ausgang schlenderten, setzte mein Herz aus. An der Tür stand Finn. Als er mich kommen sah, strahlte er übers ganze Gesicht.

»Na, gefällt es dir noch bei uns?« Vor Aufregung war mir das Blut in den Kopf geschossen. Aber zum Glück konnte ich mein knallrotes Gesicht mit dem Tanztraining erklären.

»Super! Das ist genau mein Ding hier. Und seit heute haben wir eine Gruppe für die Hamburger Stadtmeisterschaften im Streetdance.«

Finn schien wirklich interessiert. »Und wie heißt Ihr?«

»*The Dynamites*«, antwortete ich und hoffte, dass er den Namen genauso cool fand wie ich. Anerkennend nickte er und lächelte sein unwiderstehliches Grübchen-Lächeln. »Spitzenname! Hat 'nen guten Klang!« Sofort schwebte ich über dem Boden. Konnte ein Tag noch schöner werden?

Nein, konnte er nicht. Nur schlimmer, und zwar in Form von Viktoria-von-Vierstädter-alles-meins-hier. Genauso unauffällig wie selbstverständlich drückte sie mich mit ihrer Hüfte zur Seite, umarmte Finn extra lange, gab ihm demonstrativ einen Kuss auf die Wange und schnurrte wie ein unschuldiges Kätzchen. »Das ist aber lieb, dass du mich abholst. Ich hab dich auch schon vermisst.«

Kein Wunder, wenn sie bei Finn so eine Show abzog, konnte er sie ja nur nett finden. Er legte seinen Arm um Viktoria und verabschiedete sich freundlich. Viktoria, die sich ansonsten nur mit Beleidigungen an mich wandte, lächelte mich plötzlich wie meine allerbeste Freundin an und sagte megafreundlich: »Leonie, ich weiß, du bist ja noch neu hier in Hamburg und kennst offensichtlich noch keinen guten Friseur. Du kannst gerne zu meinem gehen. Sag mir, ob ich helfen kann und einen Kontakt machen soll, okay? Ich kann auch einen Preisnachlass für dich verhandeln. Tschüssiii, bis morgen!«

Falsche Schlange! Warum ging der Erdboden nicht auf und verschluckte mich? Sie hatte mich vor Finn bloßgestellt. Geschockt drehte ich mich zu den Mädels um. »Habt ihr das gehört? Wie peinlich! Sind meine Haare wirklich so schlimm?«

Marie und Anna sahen betreten zur Seite. Gut, bislang war ich in Waldesruh zu Rudi, unserem Dorffriseur, gegangen. Wo er seine Ausbildung gemacht hatte, wusste keiner so recht, aber für Waldesruh hatte es gereicht. Alle aus dem Dorf gehen zu ihm. Natürlich war ich immer mit einem Bild aus irgendeiner coolen Zeitschrift bei Rudi aufgetaucht. Das mit der anschließenden Ähnlichkeit hatte leider nie so richtig funktioniert. Rudi meinte, es läge an meinen Haaren. Aber langsam dämmerte es mir, dass es wohl eher an Rudi lag.

Anna beeilte sich, mich zu beschwichtigen. »Hey, du bist total hübsch, und deine Haare sind an sich auch schön. Nur – wenn du sie etwas anders schneiden lassen willst, können wir dich gerne beraten.«

Wurde ich jetzt etwa auch zu einer oberflächlichen Tussi, die hysterisch wurde, sobald sie ein Haar mit Spliss entdeckte? War das der Anfang vom Ende? Gab ich meine Persönlichkeit auf, und das nur wegen Finn?

Marie schüttelte entschieden den Kopf. Wie immer war sie sehr direkt. »So ein Quatsch! Es ist doch ganz einfach: Entweder du gefällst dir so, wie du bist, oder du willst was ändern. Das ist allein deine Entscheidung. Was immer du machst, tu es dir zuliebe und nicht Finn zuliebe.«

Wenn ich ehrlich war, wollte ich auch so seidiges Haar wie Viktoria und nicht mehr meine verschnittene Strubbelmähne haben, zumal mir meine Freundinnen ja versicherten, dass es definitiv nicht an meinen Haaren lag.

In Mathe folgte ich zur Abwechslung keiner Gleichung mit zwei Unbekannten, obwohl ich inzwischen selbst hier zum oberen Drittel der Klasse gehörte. Die anderen Fächer waren mir von jeher leichtgefallen, und mein Gefühl, das ich auch an meiner alten Schule gehabt hatte, bestärkte mich: nämlich, dass sich nur jemand mal Zeit nehmen musste, um mir Mathe näherzubringen. Das hatten meine anderen Lehrer nie getan. Sie waren aber auch nicht so lange vor Ort, wie es unsere Lehrer hier im Internat waren. Hinzu kam, dass ich mir mehr Mühe gab, denn mein Stipendium wollte ich auf alle Fälle behalten. Meine Gedanken kreisten jetzt im Unterrricht jedenfalls um meine Frisur. Was sollte ich mir machen lassen? Wie wollte ich aussehen? Eines war sicher: Noch mal ließ ich mich nicht von Viktoria-ich-bin-stets-aus-dem-Ei-gepellt vor Finn beleidigen. Das schwor ich mir!

5. KAPITEL

Am Nachmittag hatten wir frei. Mittwochs war der einzige Tag, an dem wir nur Hausaufgaben machen mussten. In der vergangenen Woche waren wir im Café »Ballerina« um die Ecke eine heiße Schokolade trinken gegangen und hatten total viel Spaß zusammen gehabt. Heute fuhren wir nun direkt zum Friseur. Anna hatte in der Pause ihren Friseur angerufen, und da er unter der Woche nicht ausgebucht war, hatten wir Glück und bekamen einen Termin für den Nachmittag. Ich war ziemlich aufgeregt. Was, wenn ich hinterher schlimmer aussah und Viktoria mich noch mehr aufziehen konnte?

»Hier müssen wir aussteigen!«, rief Anna und drückte auf den Knopf der U-Bahn-Tür. Sie ging voran, und als wir mit der Rolltreppe oben angekommen waren, standen wir mitten in einem bunten Viertel voller kleiner Läden. Es gab von Klamotten über Schuhe bis hin zur Papeterie einfach al-

les. Neben einem hübschen Blumenladen sah ich den Friseur. Auf einem blauen Metallschild prangte in goldener Schrift der Name des Salons: *Haarscharf*. Unsicher sah ich durch das Glasfenster. Ganz schön schick eingerichtet und nur gut aussehende Menschen zu sehen. Hoffentlich konnte ich mir das überhaupt leisten. Anna hatte zwar gesagt, ein Haarschnitt in meinem Alter würde nur 30 Euro kosten, aber wenn ich mir den noblen Laden so ansah, konnte ich es kaum glauben. Anna bemerkte mein Zögern und zog mich einfach mit in den Salon.

Das leise Bimmeln der Türglocke rief Samantha, Annas Friseurin, auf den Plan. Sie war Anfang 20, unglaublich geschmackvoll angezogen und lächelte mich aufmunternd an. »Du bist Leonie?« Sie gab mir die Hand.

Ja, das war wohl nicht schwer zu erraten gewesen. Schließlich war ich die Einzige in diesem Laden mit einem Wischmopp auf dem Kopf.

»Na, dann wollen wir mal!«, sagte sie lächelnd und schob mich zu einem freien Stuhl. Sie versuchte, sich nichts anmerken zu lassen, aber nachdem sie meine Haare genauer angesehen hatte, fragte sie mich schließlich: »Okay, hast du deine Haare bislang selber geschnitten?«

Oje, wenn das Rudi gehört hätte! »Nein, ich habe bis vor Kurzem noch in einem kleinen Dorf gewohnt, und da hat Rudi, der einzige Friseur, allen die Haare geschnitten …«

Samantha sah mich zweifelnd an. »Meinst du allen Dorfbewohnern oder den Tieren?«

Ich musste lachen. »Ehrlich gesagt, auch den Tieren. Also zumindest gibt es ein, zwei Hunde, und ich glaube, beim Schafescheren hilft er auch mit.«

Ungläubig starrten mich alle an. »Ja, auf dem Dorf geht es eben nicht so schick zu mit Duftkerzen und Blumen wie hier.« Samantha schien das alles irgendwie lustig zu finden, und ich glaube, ihr Ehrgeiz war geweckt. Jetzt wollte sie mir mal zeigen, was man so alles aus meinen Haaren machen konnte.

Zuerst verpasste sie meinen Haaren eine Glanztönung. Davon hatte ich noch nie zuvor gehört. Anschließend begann sie zu schneiden, verglich dabei andauernd die Längen und ging am Ende sogar noch mit einem Frisiermesser an die Stufen. Als sie fertig war, drehte sie den Stuhl um, sodass ich mich nicht im Spiegel sehen konnte, und fing an, mich zu fönen.

Anna grinste mich die ganze Zeit an, es musste also gut aussehen.

»So, dann wollen wir doch mal sehen, was du zu deiner neuen Frisur sagst!« Samantha klatschte in die Hände und drehte mich auf dem Stuhl mit Schwung um. Fast erkannte ich mein eigenes Spiegelbild nicht, so sehr veränderte die Frisur mich. Hatten meine Haare bislang eher wild und ungerade runtergehangen, so waren sie jetzt glatt und fielen wie ein glänzender Seidenvorhang über meine Schultern. Ich sah völlig verändert aus, aber gut verändert. Und mit meinem Charakter hatte es ja nichts zu tun, dass meine

Haare jetzt zivil aussahen. Schließlich war ich ja keine Viktoria von Vierstädter!

»Danke! Wow! Vielen, vielen Dank! Ich hätte nie gedacht, dass ich so gut aussehen kann!« Überschwänglich und dankbar schüttelte ich Samantha die Hand.

Samantha schien selbst sehr zufrieden mit ihrem Werk und lachte, weil ich mich so sehr freute. Sie gab mir eine Handvoll Pflegeprodukte gratis und mit der genauen Anweisung, was ich wann wie lang im Haar lassen musste und wie oft ich welches Produkt verwenden sollte.

»Vom Aschenputtel zur Prinzessin!«, Sie umarmte mich herzlich zum Abschied. Und der Haarschnitt kostete tatsächlich nur 30 Euro.

Als Anna und ich im Internat ankamen, schlichen wir uns auf unser Zimmer. Ich wollte, dass Marie meine Verwandlung als Erste sah. Und ihrem aufgeregten Gekreische nach zu urteilen, war sie ziemlich beeindruckt!

»Na, da wird Viktoria noch mehr Grund haben, dich zu hassen. Finn und sie haben sich heute nämlich wegen dir gestritten!«, kündigte sie triumphierend die Neuigkeiten an.

»Wie bitte?«, rief ich aufgeregt.

Marie nickte. »Ja, hat mir Meli erzählt.«

Meli gehörte zur Schweiz-Clique. Sie und ihre Mädels wurden so genannt, weil sie immer neutral waren wie die

Schweiz! Sie verstanden sich mit allen und mischten sich nie ein – aber anscheinend hatten sie auch nichts gegen Getratsche, denn Meli hatte Marie alles haarklein erzählt. »Finn hat anscheinend Viktoria gefragt, weshalb sie so gemein zu dir war und dich vorgeführt hat. Das sei doch sonst nicht ihre Art, und er würde sie so gar nicht kennen. Außerdem fände er dich sehr cool und habe großen Respekt davor, dass du dir alles selber beigebracht hast. Viktoria hat zwar dann süßsauer dazu gelächelt, aber ihre Zofen mauschelten gleich, dass das Rache geben würde. Du stehst jetzt offiziell auf Viktorias Abschussliste …«

Ich wusste nicht, ob ich mich freuen oder Angst haben sollte. Einerseits war ich total happy, dass Finn mich vor Viktoria verteidigt hatte. Aber ganz oben auf ihrer Abschussliste zu stehen …

Marie winkte ab: »Ach, das wird alles halb so heiß gegessen, wie es gekocht wird. Wirst sehen! Und wir sind ja auch noch da!«

Das stimmte! Zum Glück hatte ich im Internat gleich zwei beste Freundinnen gefunden. Dankbar umarmte ich die beiden, als ich das Skype-Signal auf meinem Laptop hörte.

Es war meine Familie, die mich wie jeden Abend anrief. Als sie meine neue Frisur sahen, stießen sie helle Begeisterungsschreie aus. Selbst meine lethargische Schwester ließ sich zu einem »Wow, aus dir kann man ja doch was machen!« herab.

Papa grinste. »Vielleicht machst du mal ein Foto und

schickst es Rudi? Dann nimmt er bestimmt seinen alten Beruf des Fliesenlegers wieder auf!«

Nachdem wir eine halbe Stunde gequatscht hatten, verabschiedeten wir uns. Es gab gleich Abendessen, und davor wollte ich noch ein paar Runden im Park laufen, den Kopf freibekommen. Zum Glück war er jetzt im Winter abends hell erleuchtet. »Stress gehört in die Beine«, wie meine Mama immer sagte. Und heute gab es einiges, was ich durch das Laufen loswerden wollte.

Ich lief gerade die zweite Runde, als ich Schritte hinter mir hörte. Ich drehte mich um und sah Finn, der offensichtlich dieselbe Idee gehabt hatte.

»Hey, du siehst toll aus! Also, ich meine, du hast vorher auch schon toll ausgesehen, aber deine neue Frisur steht dir super!«, rief er, ohne wirklich aus dem Atem zu kommen. Dann schloss er auf und lief neben mir weiter.

»Danke.« Ich lächelte und war froh, dass mein Gesicht vom Laufen eh schon rot war. Jetzt sah Finn mich mit ernstem Gesicht an.

»Du hast das jetzt aber hoffentlich nicht nur wegen Viktoria gemacht? Ihr Kommentar war wirklich fies. So ist sie sonst gar nicht, glaub mir.«

Ach, da war ich mir allerdings nicht sicher … Wahrscheinlich verstellte sie sich einfach nur gut bei ihm. »Nein, ich habe bislang nie Möglichkeit gehabt, zu einem guten Friseur zu gehen. Bei uns in Waldesruh gibt es eben den Dorfriseur, und in Hamburg habe ich mich noch nicht genug ausgekannt. Aber wenn ich ganz ehrlich bin, war Viktorias Kommentar schon der Auslöser. Es war mir zwar super peinlich, aber es hat sich doch gelohnt. Mir gefällt die Frisur nämlich auch total. Und jetzt weiß ich endlich, was für einen miserablen Job unser Dorffriseur Rudi gemacht hat.«

Finn musste laut lachen, er verschluckte sich und blieb mit Seitenstechen stehen. Sein Atem zeichnete kleine Kältewolken in die Luft. Ich musste mitlachen, und wie er mich so ansah und dabei lachte, verliebte ich mich jede Sekunde mehr in ihn.

Der Gong zum Abendessen läutete das erste Mal. Schnell lief ich in das Mädchenhaus zum Duschen und schaffte es gerade noch rechtzeitig zum Abendessen, wo meine Frisur das Thema schlechthin war. Bestimmt wusste Viktoria schon Bescheid, und ich durfte mich warm anziehen! Selbstbewusst ging ich von Marie und Anna flankiert in den Speisesaal und bekam ein Kompliment nach dem anderen. Nur Viktorias Tisch tuschelte leise und bedachte mich mit fiesen Blicken, aber nach dem Streit mit Finn heute traute sich Viktoria wahrscheinlich nicht mehr, irgendeinen doofen Kommentar abzulassen – zumal sie mir ja zuckersüß den Kontakt zu ihrem Friseur angeboten hatte. Allen, die mich ansprachen, antwortete ich laut genug: »Danke! Das habe ich nur Viktoria zu verdanken. Sie hat mich erst auf die Idee gebracht. Ohne sie wäre ich nie zum Friseur gegangen und hätte jetzt immer noch Strohwolle auf dem Kopf!«

Tja, wie sagt es ein Sprichwort? Rache muss man kalt genießen. Ich war mir ziemlich sicher, dass Viktoria es inzwischen bereute, mich auf meine Haare angesprochen zu haben, denn jetzt sah ich wirklich um Welten besser aus.

Das bestätigte später auch Greta am Bildschirm: »Wow! Jetzt siehst du aus wie ein YouTube-Star. Weißt du, eine von diesen Mädels, die sich den ganzen Tag schminken und neue Beautyprodukte testen. Die werden vielleicht Augen machen, wenn du das nächste Mal zu Besuch kommst! Ich will auch zu diesem Friseur, wenn ich wieder in Hamburg bin. Stell dir vor, Paul hat mir heute in der Schule einen Zettel zugesteckt. Ob ich mit ihm Eis essen gehe!« Gretas Augen funkelten, und ich kreischte unterdrückt unter der Bettdecke, um Marie und Anna nicht zu stören. Paul war einer der wenigen coolen Jungs in Waldesruh – die Auswahl war ja nicht besonders berauschend, und Greta mochte ihn schon seit Langem.

»Lass uns morgen unbedingt besprechen, was du anziehen wirst. Wie aufregend!« Ich freute mich für Greta und sie sich für mich. Der einzige Wermutstropfen bestand darin, dass wir nicht live bei der jeweils anderen dabei sein konnten.

Jetzt ist es amtlich: Meine Schwester hat ’nen Knall! Mama und Papa haben diesen Tätowierer ausfindig gemacht.

Herausgekommen ist, dass Billy, dem Tätowierer, die ganze Geschichte mit der Einverständniserklärung nicht sauber vorkam, und so hat er Liv ein schwarzes Tattoo aus Henna gemacht, das ganz allmählich von alleine verschwindet, weil es abgewaschen wird mit der Zeit.

Anstatt sich zu freuen, dass sie nicht ihr Leben lang mit »Holger Schnetzel« auf den Augenlidern herumlaufen muss, hatte sie sich anscheinend in ihr Zimmer eingeschlossen, Deprimusik gehört und in ihr Kissen geheult. Liv hatte im Ernst Angst, dass Holger mit ihr Schluss machen würde, weil ihr Tattoo nicht dauerhaft war.

Beim Skypen mit Mama und Papa sah ich, wie Liv dramatisch und Türen knallend in ihrem Zimmer verschwand und Papa sauer hinterher wollte. Mama beschwichtigte ihn: »Denk daran, das sind ihre Hormone, die verrücktspielen, nicht sie.«

Hoffentlich machen mich diese Hormone nicht so verrückt, wenn ich älter bin.

Zum Thema »Verrückt« habe ich übrigens Neuigkeiten: Mimi hat mit einem neuen Projekt angefangen: Jede Gruppe stellt eine Freestyle-Choreo vor, und die anderen müssen sie nachtanzen. Jede Woche ist jemand anderes dran, und wir, die *Dynamites*, durften heute als Erste das Programm machen. Wir haben uns eine super schnelle Choreo mit sehr schweren Schritten und Bewegungen ausgedacht, um Viktoria und die Hofdamen mal richtig ins Schwitzen zu bringen. Die kommen immer total aufgebrezelt zum Training und in den Unterricht. Man könnte denken, sie hätten gleich einen Fototermin. Unsere Deutschlehrerin, Frau Schnabel, hat sich darüber sogar schon lustig gemacht, was Viktoria völlig kaltgelassen hat.

Als wir uns in der Halle versammelten, stänkerte Viktoria herum, dass sie sich von mir nicht vorschreiben lässt, was sie wie tanzen soll.

Tja, dumm nur für Viktoria, dass Mimi genau in diesem Moment hinter ihr in die Halle kam und es gehört hat. Streng sah sie Viktoria an: »Wie du weißt, ist Fairness ein wichtiger Wert an unserer Schule. Wenn Leonie kein Problem hat, sich nach deinem Training zu richten, wirst du auch keines damit haben, bei ihrem mitzutanzen! Verstehen wir uns?«

Viktoria lächelte entschuldigend und gab sich natürlich einsichtig vor Mimi. Aber hinter ihrem Rücken verdrehte sie mir gegenüber die Augen und machte mit der Hand ein Zeichen, das wohl »niemals« bedeuten sollte.

Als die *Dancing Queens* vollzählig waren, legte ich unseren Song für die Choreo ein. Wir hatten extra einen richtig schnellen ausgesucht mit einigen Rhythmuswechseln und durchgehend schnellen Schrittfolgen. Dazu Figuren am Boden und Sprünge, bei peitschend schnellen Armbewegungen, was auf Dauer extrem anstrengend war.

Da klebten die Haare, die Gesichter waren knallrot. Viktorias Busenfreundin Charlotte schminkt sich schon und möchte sich später unbedingt bei GNTM bewerben. Jetzt sah sie mit ihrer verlaufenen Wimperntusche aus wie Lady Gaga an einem schlechten Tag, aber bestimmt nicht wie ein angehendes Topmodel!

Mimi hingegen schien unser Training und die Choreo, die wir uns ausgedacht hatten, gefallen zu haben. »Das war mal ein Tempo! Gute Übung für alle.«

Nach dem Training waren alle richtig platt. Viktoria kam zu mir und sagte sehr laut und deutlich, damit auch alle es hören konnten:

»Ich an deiner Stelle würde heute mal schauen, was ich auf Facebook posten werde.«

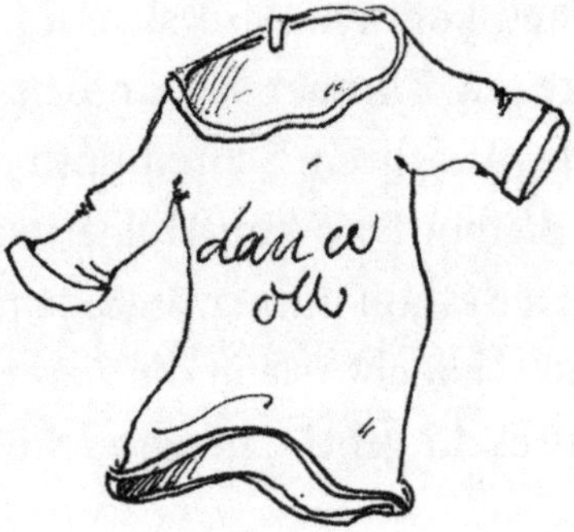

6. KAPITEL

Die fiese Kuh wusste genau, dass Facebook erst ab 13 ist und ich nicht angemeldet war. Sie und ihre Zicken waren natürlich trotzdem alle registriert. Marie und Anna zeigten Viktoria nur den Vogel und zerrten mich aus der Umkleide.

»Hast du gesehen, wie fertig Viktoria war? Sie hat bei der Choreo überhaupt nicht mithalten können. Deshalb ist sie auch so sauer auf dich!«, sagte Marie, und Anna nickte zustimmend.

Die beiden hatten recht, nur gab es ein Problem: Wie kam ich heute Abend auf Facebook? Ich musste doch wissen, was die fiese Python schreiben würde!?! Noch im selben Moment wusste ich die Antwort – Liv! Meine bekloppte große Schwester Liv, die natürlich bereits einen Facebookzugang hatte. Ich wusste, dass Viktorias Profil öffentlich einsehbar war, ich würde, ohne mich mit ihr anfreunden zu müssen, alles sehen können. Also skypte ich Liv an, die in ihrem abgedunkelten Zimmer lag und irgendeine düstere Deprimusik hörte. Auf ihrem Schreibtisch hatte sie Teelichter angezündet, die ein Foto von Holger anleuchteten. Das Theatralische hat sie schon immer draufgehabt.

»Was willst du?«, hauchte sie in die Kamera.

»Na, sehen wie es dir geht?«, schwindelte ich – was sie sofort durchschaute.

»Ich weiß, dass du Holger nicht leiden kannst, also spar dir dein geheucheltes Mitgefühl. Du willst doch was!«

Okay, leugnen zwecklos. Ich erklärte Liv, wie sie mir helfen sollte. »Was krieg ich dafür?«, war alles, was sie wissen wollte.

»Wenn ich nächstes Wochenende zu Hause bin, gebe ich dir ein Alibi, falls du Holger treffen willst.«

Damit traf ich bei Liv ins Schwarze. »Okay, wir haben einen Deal!« Sie fühlte sich sehr wichtig und loggte sich theatralisch bei Facebook ein. Dann gab sie Viktorias Namen ein und klickte ihre Seite an. Sie machte ein Foto davon und schickte es mir per Mail.

Oh. Mein. Gott. Ich traute meinen Augen nicht! Viktoria hatte ein Foto von sich und den *Dancing Queens* gepostet. Darunter stand: »Hey, meine Truppe und ich werden bei den Stadtmeisterschaften im Streetdance teilnehmen. Ihr könnt alle am 28. Juli in die Mozarthalle kommen und uns richtig anfeuern. Wir werden extra Schals, Pompons und jede Menge Utensilien besorgen für alle *Dancing Queen*-Fans.

Ach, und natürlich gibt's auch Essen und Getränke – umsonst!« Okay, es war klar, was sie bezweckte: Sie sammelte jetzt bereits Unterstützer für die Meisterschaften. Natürlich gab es viele objektive Kriterien – Schwierigkeitsgrad, Körperspannung oder eingehaltener Rhythmus –, aber auch die Jury konnte sich einem begeisterten Publikum nicht völlig neutral entziehen. Und wie ich die Viper Viktoria einschätzte, würde sie auch ihre Fans dazu einspannen, auf uns ausdrücklich nicht zu reagieren. Mist!

Warum durfte ich noch nicht auf Facebook? Aber gut, selbst wenn – ich hätte eh noch niemanden in Hamburg gekannt, der unsere *Dynamites* hätte unterstützen können, außer natürlich meiner Familie und Greta, die sowieso kommen würden. Auf meine Schulfreunde aus Waldesruh konnte ich nicht zählen. Außerdem waren sie eh nur eine Handvoll Leute. Aber eines war offensichtlich: Viktoria rächte sich für mein Training, in dem ich ja unbedingt hatte zeigen müssen, was ich draufhab. Wie dumm von mir! Sie hatte ihre Krallen ausgefahren. Jetzt gab es also gleich zwei Kampfansagen: Finn und die Stadtmeisterschaften. Na super! In Waldesruh gab es nur Greta, meinen Hund und mein Zimmer mit Spiegel, vor dem ich tanzen geübt hatte. Jetzt war ich in der großen realen Welt angekommen und musste zum ersten Mal mit Konkurrenz fertigwerden. Allein beim Gedanken daran wurde mir übel.

»Leonie? Dachte ich doch, dass ich deine Stimme gehört habe.« Mama war in Livs Trauertempel eingedrungen und winkte fröhlich in die Kamera. »Na, wie war's heute in der Schule? Kommst du in Mathe gut mit?«, fragte sie interessiert. Ihr war deutlich anzumerken, wie sehr sie sich freute, dass ich so gerne an der *Dance Academy* war. Abgesehen von Viktoria war ich ja tatsächlich megaglücklich, meinen Traum vom Tanzen verwirklichen zu dürfen und dabei mein Abi machen zu können. Ich nickte auf Mamas Frage. »Und wie kommst du mit den anderen Schülern klar? Sind Anna und Marie immer noch so nett?«, wollte Mama wissen und sah mich dabei hoffnungsvoll an.

»Ja, die beiden sind toll – und schon richtig gute Freundinnen. Die werde ich auch brauchen, solange es so blöde Kühe wie Viktoria von Vierstädter gibt!«, rutschte es mir heraus.

Mama hob ihre Augenbraue, ein Zeichen, dass ihr nicht gefiel, was ich sagte. Bevor sie etwas sagen konnte, erklärte ich schnell: »Mama, Viktoria ist wirklich schlimm! Sie ist das beliebteste Mädchen an der Schule und ausgerechnet gemein zu mir. Ich weiß nicht weshalb, aber sie hat sich genau MICH als Feindin ausgesucht!«

Gut, wenn ich ehrlich war, kannte ich den Grund dafür. Ich stand auf ihren Freund Finn, und er verhielt sich mir gegenüber auffällig nett. Außerdem trat ich bei den Hamburger Stadtmeisterschaften gegen sie an. Und wenn ich noch einen Tick ehrlicher war, konnte ich sie sogar verstehen …

Mama sah mich mitfühlend an. »Weißt du, es ist nicht leicht, neu in eine Klasse zu kommen, aber manchmal ist es für die anderen auch nicht leicht, jemand Neues aufzunehmen. Die Gruppe kommt durcheinander, zumal wenn die Neue so talentiert und hübsch ist wie du. Vielleicht solltest du einfach mal auf sie zugehen und mit dir reden?«

Hmm, so hatte ich es noch gar nicht gesehen. An Viktorias Stelle wäre ich auch nicht von meinem Auftauchen an der *Academy* begeistert gewesen. Ich nahm mir also fest vor, am nächsten Tag zu versuchen, ein wenig auf Viktoria zuzugehen und mich von Finn fernzuhalten. Aber bis dahin konnte ich ja wenigstens von ihm träumen, dachte ich, als ich mich auf mein Bett warf und den iPod anschaltete. Träumen ist ja nicht verboten, und schon sah ich Finns leuchtende Augen vor mir, die mich so irre intensiv ansahen.

Ich kann immer noch nicht glauben, was für eine eiskalte, hochnäsige Schlange Viktoria ist. Sie hat mich zum absoluten Gespött der Schule gemacht! Das war so peinlich, dass ich nie wieder dahin kann. Ich bin so was von ruiniert! Mama muss mich sofort abmelden – schließlich hat sie mich ja erst auf die Idee gebracht, mich mit Viktoria auszusöhnen. Mamas Worte hatten die ganze Zeit über in mir gegoren und mich zum Nachdenken bewegt. So beschloss ich, Viktoria um einen Neuanfang zu bitten, denn wenn ich ehrlich war, machte mir die Tatsache zu schaffen, dass es da jemanden gab, die ich jeden Tag sehen musste und die mich offenbar so hasste. Es raubte mir einfach viel Energie, die ich lieber für mein Training nutzen wollte. Also hoffte ich, dass es für alle besser würde, wenn wir den Streit begruben.

Der Tag fing megagut an! Erst bekam ich lauter Komplimente für meine neuen Klamotten. Marie und Anna waren nämlich mit mir shoppen gewesen – anscheinend war das bitter nötig. Stolze drei neue Outfits hatte ich mir von dem gesparten Taschengeld leisten können. Natürlich präsentierte ich Greta gleich meinen neuen Look über Skype.

»Ich erkenne dich ja kaum wieder! Mit den neuen Klamotten und der neuen Frisur siehst du wie ein It-girl aus. Wenn ich dich besuchen komme, müssen wir unbedingt noch mal zusammen mit Marie und Anna shoppen gehen. Ja? Die scheinen es richtig draufzuhaben. Und du weißt, ich brauche coole Klamotten, schließlich date ich jetzt bald Paul. Wenn das die Klausens sehen, drehen sie durch!«, gackerte Greta.

In Waldesruh gab es genau einen Klamottenladen – *Die Kleiderstube* –, den ein älteres Ehepaar namens Klausen schon seit Generationen führte. Das Angebot bestand aus unauffälliger und praktischer Bekleidung. Da fast alle im Dorf dort einkauften, fielen Greta und ich auch nie auf mit unseren praktischen Jacken und Hosen. Natürlich sahen wir im Fernseher und im Internet, dass man sich viel cooler anziehen konnte, aber erstens störte es nie jemanden und zweitens hätten wir erst eine Stunde lang in die nächste Stadt gurken müssen, um eine größere Auswahl zu haben.

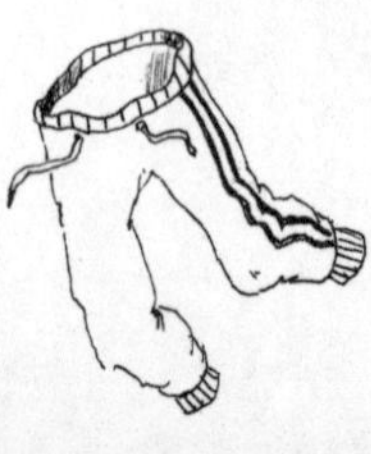

Online bestellen hielten meine Eltern umwelttechnisch für eine Katastrophe. Deshalb waren sie strikt dagegen. Mama und Papa bläuten uns immer wieder ein, dass es auf die inneren Werte ankomme und Mode sehr oberflächlich sei; außerdem lenke sie von den wichtigen Dingen im Leben ab. Aus diesem Grund hatte ich Mama gefragt, ob sie es okay fand, neue Klamotten einzukaufen, und ob ich damit eine oberflächliche Tussi würde. Mama lachte und fand es wohl ganz süß, dass ich das fragte.

»Du kaufst doch nur ein paar neue Kleider und nicht einen neuen Charakter. Und dass du dich hübscher machen willst, ist doch völlig normal, du kommst jetzt in das Alter, in dem das wichtiger wird. Solange du weißt, dass es nicht auf die Kleider ankommt, sondern auf den Menschen, der darin steckt, ist alles gut, Süße! Außerdem bist du schon wieder gewachsen, und jetzt im Frühling brauchst du leichtere Sachen.«

Aber zurück zur Schule.

Also, ich war gut drauf, weil allen meine neuen Klamotten auffielen und sie mir Komplimente dafür machten, und als wäre das nicht schon genug, bekam ich zur Feier des Tages den Englischtest mit einer glatten Eins zurück. Ich war schon immer gut in Englisch, weil Papa ein Jahr lang in England studiert hatte und wir, seit ich denken konnte, in den Ferien nach England fuhren.

Ja, das hatte Viktoria offensichtlich nicht erwartet. Sie sah aus, als hätte sie einen Krug Essig austrinken müssen, als Frau Wieland meine Note verkündete. Dabei hat Viktoria selbst auch eine Eins bekommen. Egal, ich dachte, das würde alles besser, wenn ich ihr mein Friedensangebot unterbreite.

Marie und Anna waren nicht sehr überzeugt. »Glaub uns doch und lass es! Wir kennen Viktoria schließlich länger. Die wird niemals darauf eingehen!«, warnten sie mich.

Aber ich dachte an meinen Papa, der immer sagte: »Nur weil die Menschheit schlecht ist, müssen wir es nicht sein und können an das Gute glauben.«

Also glaubte ich an das Gute in Viktoria von Vierstädter. Beim Mittagessen nahm ich meinen ganzen Mut zusammen, wartete ab, bis Finn sich Richtung Nachtisch zur Essensschlange aufmachte, und ging zu ihr. Freundlich sah ihre Begrüßung nicht gerade aus. Anfangs stotterte ich etwas, aber dann sprach ich einfach geradewegs drauflos: »Viktoria, ich weiß, dass wir keinen so guten Start erwischt haben, und ich wollte einfach fragen, ob wir nicht noch mal von vorne anfangen können? Schließlich sind wir in einer Klasse, trainieren für die Meisterschaften und sollten uns zumindest vertragen. Ich meine, wir müssen ja nicht gleich gemeinsam campen gehen, aber ein Waffenstillstand oder ein freundliches Ignorieren fände ich auf alle Fälle besser als die jetzige Situation.«

Für einen kurzen Moment hatte ich das Gefühl, dass sie sich auf mein Angebot einlassen würde. Aber da tauchte Finn auf. Allein bei seinem Strahlen wurden meine Beine zu Wackelpudding, und als er mir noch sagte, dass ich toll aussah, warf ich fast meine Vorsätze über Bord, nicht mehr für ihn zu schwärmen, nur weil er Viktorias Freund war. Dann sagte er auch noch: »Du, ich wollte dich eh noch was fragen. Hast du gleich noch fünf Minuten?«

In diesem Moment konnte ich sehen, wie bei der sonst so kontrollierten Viktoria die Sicherung durchbrannte. Ihr Schutzlächeln ging den Bach runter, und sie sagte kalt: »Deine neuen H&M-Klamotten haben eine Abkürzung. Da steht L.o.g.g. und das ist der Grund, weshalb wir beide uns nie verstehen werden. Weißt du überhaupt, wofür L.o.g.g. steht?« Ohne eine Antwort abzuwarten, fuhr sie fort. »L.o.g.g steht für ›leider ohne Geld geboren‹, und das merkt man dir in allem an. Die anderen magst du ja vielleicht täuschen, aber ich sehe, dass du keine Klasse, keinen Stil hast und immer ein Aschenputtel vom Dorf bleiben wirst, das mit mir und meiner Welt nie mithalten kann, auch wenn du im Moment von allen den Mitleidsbonus bekommst. Stipendium, Talent und all der Mist. Das machen die doch nur, damit sie sich besser fühlen können, weil sie 'nem armen Mädchen helfen. Ich wette, nur so hast du die Eins in Englisch bekommen. Meine Antwort auf deine Frage lautet also: Nein, ich werde dich nicht ignorieren oder mit dir einen freundlichen Waffenstillstand eingehen. Und campen? Glaubst du im Ernst, ich würde mich mit dir auch nur für eine Nacht in ein Zelt begeben? Uns trennen nicht Welten, uns trennen Galaxien – und dabei belassen wir es lieber.«

Das war so gemein und verletzend, dass mir die Tränen

in die Augen stiegen. Ich konnte nichts dagegen tun, musste losheulen, weil es mich so traf. Vor allen, nicht nur vor unserer Klasse oder meinetwegen der Stufe. Nein, mitten im Speisesaal bekam ich, Leonie Winter, beim Mittagessen einen Nervenzusammenbruch vor der gesamten *Dance Academy* und lief heulend mit knallrotem Gesicht nach draußen. Alle glotzten mich dabei an!

Finn kam mir nachgelaufen, aber erstens sah ich furchtbar aus, und zweitens hatte ich mir fest vorgenommen, nicht mehr für ihn zu schwärmen, was aber nur ging, wenn ich keinen Kontakt mehr mit ihm hatte.

Ich hörte ihn rufen: »Leonie, lauf nicht weg!«

Aber genau das tat ich, und zwar so schnell ich konnte! Anna und Marie hatten draußen gestanden und schienen nicht überrascht, als ich ihnen völlig verweint entgegenkam. Ja, sie hatten mich gewarnt und leider recht behalten. Zum Glück sagten sie das jetzt nicht, sondern umarmten mich, hakten mich unter und gingen mit mir auf unser Zimmer.

»Ich finde es trotzdem mutig und ganz schön nett von dir, dass du es versucht hast.« Marie drückte mich an sich. Sie war immer so herzlich und optimistisch, das lag anscheinend bei ihr in der Familie.

Anna, die immer etwas zurückhaltender, aber nicht weniger herzlich war, pflichtete ihr bei: »Wenigstens kuschst du nicht vor Viktoria wie alle anderen.«

Unser Zimmer war meine Oase, ich hatte meine Wand fliederfarben gestrichen und mir ein weißes Himmelbett ausgesucht, in dem ich nicht nur schlief, sondern auch immer lag, wenn ich träumte, las oder Musik hörte. Unter Tränen erzählte ich den Mädels alles. Marie wurde richtig wütend, Anna ging es ähnlich. »So 'ne bitch! Ein richtiges Miststück ist die!«, platzte es aus Marie heraus.

Dankbar sah ich sie an. Jetzt nahm auch Anna kein Blatt mehr vor den Mund: »Sie ist ein Monster! Und das Schlimme ist: Man weiß genau, wieso. Ihre Mutter hat sie dazu gemacht. Mit diesem Ehrgeiz und dem Druck. Wusstet ihr, dass Viktorias Mutter früher Eiskunstläuferin war – sogar im Kader der deutschen Mannschaft. Dann verletzte sie sich und musste aufhören. Bestimmt ist das der Grund, warum Viktoria immer die Beste sein muss und niemand anderes besser sein darf. Du hast sie nicht nur beim Tanzen abgezogen, sondern auch in Englisch. Was glaubst du, was sie zu Hause für einen Ärger bekommt!? Weißt du, mit Geld kann man sich viel kaufen – schöne Klamotten, Privatlehrer, eine englische Nanny. Aber DU hast es durch dein Talent und Können bis zum Stipendium an der *Dance Academy* gebracht. Du hast dir alles selber erarbeitet, und darauf kannst du stolz sein.«

Zum Glück hatte ich die besten Zimmergenossinnen der Welt. Ich fühlte mich schon viel besser, und plötzlich meldete sich mein Magen zurück. Er knurrte mal wieder so laut, dass wir alle loslachen mussten. Vor lauter Aufregung hatte ich überhaupt nichts gegessen. Marie stand auf. »So und jetzt gehen Anna und ich in den Speisesaal und sehen zu, dass wir noch ein verspätetes Mittagessen für dich zusammenbetteln«, sagte Marie. Das klang gut. Ihre Geste war wirklich total lieb. Sie lächelten zufrieden und marschierten los.

Um mich weiter abzulenken, setzte ich die Kopfhörer auf und machte meinen iPod mit meiner Lieblingsmusik an.

7. KAPITEL

»Störe ich?«

Plötzlich war die Stimme da, die ich überall heraushören würde. Finn! In meinem, unserem Zimmer! War er in Viktorias Auftrag gekommen, um mir zu drohen, sie zu rächen? Panisch schaute ich mich um, ob irgendwo noch ein Papier herumlag, auf das ich Finns Namen mit Herzchen gemalt hatte. Nein, zum Glück war alles beseitigt! Wenigstens die weitere Peinlichkeit blieb mir erspart …

Zögernd kam Finn herein und sah mich prüfend an. »Hi, ich wollte sehen, wie es dir geht.«

Hm. Er schien tatsächlich wegen mir gekommen zu sein und nicht, um mir in Viktorias Auftrag Gift in die Apfelschorle zu kippen. »Nicht gut! Ich habe mich so blamiert …«, stotterte ich verunsichert.

Finn fragte, ob er sich zu mir setzen dürfe. Mein Magen

drehte sich zwar um, und mein Herz schlug wie wild, aber ich nickte. Natürlich nickte ich! Er war der tollste Junge an der ganzen Schule, und ich konnte einfach nicht anders.

Finn lächelte mich an. Mein Herz machte Sprünge. »Du hast dich nicht blamiert. Viktoria hat sich daneben benommen. Ich weiß wirklich nicht, was mit ihr los ist. Irgendwie scheint sie ein Problem mit dir zu haben. So gemein und kalt. Sie ist eigentlich das Gegenteil.«

Ja, ja. Sie war ja schließlich nicht so dumm und zeigte Finn, wie fies sie in Wahrheit war. So war sie nur zu Mädchen und allen Jungs, die nicht reich, adlig oder cool genug waren, also Loser in ihren Augen. Zwar wurde sie nicht laut oder schrie herum, aber ihre spitzen Kommentare waren oft viel verletzender als eine Ohrfeige. Wenn Viktoria mit Finn zusammen war, strahlte sie ihn immer an und gab das nette Mädchen, ganz unkompliziert und super höflich. Das behielt ich aber lieber für mich.

Ich fasste mir ein Herz und antwortete: »Ich weiß nicht, weshalb Viktoria mich so hasst. Sie hat doch alles! Sie ist wunderschön, die Beste in der Klasse, hat nur Designerklamotten, ist die Anführerin der ganzen Stufe, und sie hat di…« Ich unterbrach mich selbst.

Finn grinste, denn blöd war er ja nicht. »Und sie hat mich? Gehört das dazu, um alles zu haben?«, fragte er neugierig.

Oh nein! Wie schaffte ich das bloß, mich zweimal am Stück bis auf die Knochen zu blamieren. Mit hochrotem

Kopf zuckte ich die Schultern und nickte schüchtern. Finn lachte laut los, aber nicht gemein, nein, es war eine Mischung aus erfreut und belustigt. »Leonie, du bist als Viktorias Konkurrentin zu gut, sie fühlt sich von dir bedrängt, deshalb reagiert sie so. Sie war bislang der Star der Schule, und dann kommst du und bist nicht eine von ihren Ja-Sagerinnen, sondern du selbst. Du tanzt einfach unglaublich gut, bist mit den Schulnoten ebenfalls nah an ihr dran und hast dir in kürzester Zeit den Respekt der Lehrer und vieler Schüler verdient.«

Er hielt einen Moment inne, dann sah er mir tief in die Augen. Etwas leiser sagte er: »Und außerdem bist du eines der hübschesten Mädchen, die ich je gesehen habe. Wenn ich nicht mit Viktoria zusammen wäre, dann …« Mehr sagte er nicht. Es schien, als habe er plötzlich bemerkt, was ihm da herausgerutscht war. Abrupt schwieg er.

WOW! War er etwa dabei gewesen zu sagen, dass er mit mir zusammen wäre, wenn es Viktoria nicht geben würde? OH. MEIN. GOTT. Hieß das etwa, dass Finn mich auch gut fand? Mir wurde schwindlig. Bevor ich antworten konnte, ging die Tür auf. Marie und Anna kamen herein, beladen mit vollen Tabletts.

»Essen ist da!«

Als sie Finn sahen, ließen sie beinahe die Tabletts fallen. Zum einen waren sie sichtbar überrascht, ihn zu sehen. Außerdem war es streng verboten, dass Jungs und Mädchen sich gegenseitig auf den Zimmern besuchten. Wenn man

Finn hier erwischt hätte, dann hätten wir alle vier richtig Ärger bekommen. Noch ein Grund, weshalb ich so entzückt war. Finn hatte dieses Risiko auf sich genommen, nur um nach mir zu sehen!

Er sprang auf. »Äh, ich wollte eh los.« Er schien mit sich zu ringen. Schließlich zog er mich mit vor die Tür und sagte hastig, was ihn offenbar beschäftigte: »Ich wollte dich in der Mittagspause eigentlich was fragen. Aber dann ist dieses Drama losgegangen.«

Ich starb fast vor Aufregung. Und Neugier.

»Ich wollte fragen, ob du mir bei einer Choreo helfen kannst? Ich darf das Solo beim Sommerfest tanzen und wollte was ganz Neues und Originelles machen. Und da dachte ich an dich. Würdest du mit mir proben?«

Nichts lieber als das, schoss es mir durch den Kopf. Allerdings konnte ich mich dann gleich lebendig begraben lassen, denn wie Viktoria darauf reagieren würde, konnte ich mir lebhaft vorstellen. Der Ärger war vorprogrammiert.

Er bemerkte mein Zögern. »Denk einfach darüber nach, und wenn du dich entschieden hast, schick mir eine SMS. Hast du meine Handynummer?« Nein! Woher auch. Finn zog sein Handy aus der Tasche, ließ sich meine Nummer diktieren und klingelte mich kurz an.

»So, jetzt hast du sie. Falls du noch länger brauchst oder es mir lieber persönlich sagen magst, geht das auch morgen in der Schule. Du kommst doch, oder?«

Wenn Finn von Weißenberg mich so fragte, wäre ich

auch auf den Mars gekommen. »Ja, ich komme«, sagte ich und sah ihm fest in die Augen.

Er atmete erleichtert aus. »Sonst wäre ich auch echt enttäuscht«, grinste er und umarmte mich plötzlich ohne Vorwarnung. Oh nein! Das fühlte sich unfassbar gut an! Meine Knie wurden zu Wackelpudding, ich hatte Angst, gleich umzufallen.

Kaum war er weg, rannte ich in das Zimmer zurück, ließ mich auf mein Bett fallen und kreischte lauthals in mein Kissen! Marie setzte sich lachend neben mich. »Geht's dir wieder besser?«, fragte sie.

Anna kommentierte profimäßig: »Richtig guter Typ.« Plötzlich hielt ich inne.

»Was ist?« Meine Freundinnen sahen mich überrascht an. Ich hatte ein Problem – und erklärte es ihnen: Wenn ich Finns Angebot annahm, würde Viktoria mich mehr denn je hassen. Außerdem war ich in Finn verknallt, und es ging gar nicht, einen Jungen gut zu finden, der schon vergeben war.

Selbst Anna, die immer kluge Ratschläge parat hatte, überlegte hin und her. Schließlich sagte sie: »Also, ich finde, du solltest es ausprobieren. Vielleicht könnt ihr ja einfach Freunde werden. Solange du keinen Schritt auf Finn zugehst oder mit ihm flirtest, geht das in Ordnung. Außerdem muss Finn wissen, wen er lieber mag. Wenn er dich lieber mag, dann muss er das Viktoria sagen und mit ihr Schluss machen. Wichtig ist nur, dass du dich korrekt verhältst, solange er mit Viktoria zusammen ist.«

Das würde schwer werden, aber ich wollte es versuchen, auch wenn Viktoria mich mit ihren Blicken erdolchen und die ganze Schule gegen mich aufhetzen würde – wenn ich dafür Zeit mit Finn verbringen durfte, war es das wert. Natürlich würde ich mich an die Regeln halten und ihn nicht anschwärmen, sondern einfach nur eine Freundin sein.

Der Krieg hatte begonnen. Und zwar mit allem, was dazugehört. Aber der Reihe nach:

Die Tage nach jenem übelsten, peinlichsten Auftritt in der Mensa waren seltsamerweise völlig entspannt. Viktoria ignorierte mich, sparte sich jeden Kommentar, und ich dachte schon, sie habe vielleicht ihre Lektion gelernt, überlegte bereits, ob sie vielleicht doch ein Herz hatte und es ihr sogar leidtat. Vielleicht lag es auch nur daran, dass es Frühling wurde und selbst in Hamburg der Regen immer öfter eine Pause einlegte. Stattdessen kamen die Sonne und Tulpen zum Vorschein.

Marie und Anna waren sich da nicht so sicher. Sorgenvoll blickte Anna vor sich hin. Sie war sehr sensibel und empfindsam für Menschen und Stimmungen. Oft erspürte sie die Dinge, bevor Marie oder ich etwas bemerkten. »Das ist nicht gut, das ist gar nicht gut«, murmelte sie immer wieder, wenn Viktoria ohne einen fiesen Kommentar an uns vorbeilief und mich links liegen ließ. Dann zog sie ihre Stirn in

Sorgenfalten und spielte nervös mit ihren wunderschönen rabenschwarzen Haaren.

Marie, die alte Optimistin, wiegelte ab: »Ach was, Viktoria hat einfach gemerkt, dass das Leben leichter ist ohne Intrigen und hat sich endlich an Leonie gewöhnt.«

Aber Anna sah das anders. »Ich glaube, da kommt noch was ganz Dickes auf uns zu. Das ist noch nicht zu Ende. Viktoria wäre nie so entspannt, wenn sie nicht einen Plan oder irgendetwas in der Hinterhand hätte. Ist euch nicht aufgefallen, dass ihr ein Lächeln über das Gesicht huscht, wenn sie Leonie begegnet? Und ich tippe mal, dass es nicht die Freude ist, Leonie zu sehen.«

Nein, das war mir nicht aufgefallen. Und das ungute Gefühl, das Annas Worte in mir auslösten, verdrängte ich lieber schnell. Was auch immer Viktorias Untätigkeit auslöste – es war gut und bedeutete, dass wir in Ruhe tanzen und uns auf die Meisterschaft vorbereiten konnten. Und das war auch bitter nötig. Im Ballettunterricht holte ich gut auf – dank der Extrastunden mit Madame Dubois. Wenn ich angespannt jede Bewegung so exakt wie möglich an der Stange auszuführen versuchte, trat sie oft mit einem Zeigestock hinter mich und machte mir begreiflich, dass man immer noch ein wenig mehr Spannung und Dehnung in die Muskeln bringen konnte.

»Weißt du, Leonie. Ballettö und deinö Freestyle sind gar nischd so unterschiedlisch, wie du glaubst. Für beidös braucht man Disziplinö, Genauigkeit und Gefühlö. Und die

Körperspannung braucht man bei wirklisch jedö Tanz – sogar bei die Ententanz«, erklärte sie mir wieder und wieder.

Wenn ich ehrlich war, machte es mir sogar inzwischen Spaß, dieses konzentrierte Arbeiten an der Stange. Es waren die Abwechslung und all die verschiedenen Tanzstile, die meinen Aufenthalt hier so bereicherten. Seien es die historischen Tänze, Kontratänze, Jazzdance, Moderndance, Contemporary Dance und was es nicht alles gab. Sie alle waren Ausdrucksmöglichkeiten und hatten ihre ganz eigene Bedeutung. Zum Glück hatte ich mich allmählich an das harte Training gewöhnt. Muskelkater hatte ich zwar immer noch – aber inzwischen war er auszuhalten. Die *Dance Academy* war zu meinem zweiten Zuhause geworden. Ich kannte die Lehrer, fast alle Schüler, die Gebäude mit allen Abkürzungen, die Mensa, und vor allem hatte ich meine beiden neuen Freundinnen Marie und Anna. Wir waren unzertrennlich, und immer, wenn ich mit Greta in Waldesruh telefonierte, war ich traurig, dass sie nicht hier bei uns in Hamburg lebte. Auch sie hätte sich auf jeden Fall super mit Marie und Anna verstanden. Leider konnte sie mich während der Schulzeit nicht besuchen, aber für die Ferien waren wir auf alle Fälle verabredet. Auch meine Eltern und Liv hatten mich noch nicht besucht – aber wir skypten fast jeden Abend, so wusste ich sie doch irgendwie in meiner Nähe, und einmal im Monat fuhr ich immer nach Hause.

Aber zurück zum Schlachtfeld. Wie gesagt, zwei Wochen lang herrschte Funkstille, was Viktoria anging. Das einzig Seltsame war, dass sie neuerdings vor kreativen Einfällen, was Tanzschritte anging, nur so zu strotzen schien. Sie kam mit neuen Figuren und Kombinationen zum Training, die ich ihr gar nicht zugetraut hätte. Gerüchten nach hatte ihre Mutter angeblich eine Profitänzerin für sie besorgt, die nach der Schule abends mit ihr trainierte. Dass diese Frau alles machte, damit Viktoria gewann, war klar. Man sah Viktoria im Speisesaal auch immer nur an ihrem Salat oder Obst kauen, höchstens trank sie mal einen Milchshake dazu. Gesund war das nicht, immerhin verbrannten wir massenhaft Kalorien – wir betrieben schließlich Leistungssport. Da braucht der Körper unbedingt Kohlehydrate. Ab und zu schielte sie aus den Augenwinkeln für den Bruchteil einer Sekunde zu mir herüber – ansonsten ließ sie mich wie gesagt in Ruhe.

In dieser Zeit traf ich mich nach der Schule ein paarmal mit Finn. Ich hielt mich aber strikt an Annas Rat, nur freundschaftlich mit ihm umzugehen. Finn war total dankbar, dass ich ihm bei seinem Solo half. Die Musik war sehr schnell mit treibenden Trommeln und einem coolen Beat. Das Schwierigste war das Tempo.

»Wie findest du es?«, fragte Finn und sah mich gespannt an.

Ich wusste, dass die Musik eine Vorgabe war, er hatte sie nicht aussuchen dürfen. »Gut, aber schwer«, antwortete ich ehrlich, und er nickte. Ich hörte mir das Stück mehrmals an, dann stand ich auf und probierte ein paar Schritte, Drehungen und Figuren. Finn stand der Mund offen.

»Wahnsinn! Wie machst du das bloß?«, rief er begeistert, dabei hatte ich noch gar nicht richtig losgelegt.

Ich zuckte mit den Achseln, denn begründen konnte ich es nicht. Für mich war es schon immer einfach gewesen. Dafür konnte ich keinen geraden Strich zeichnen und fand es immer unglaublich, wenn Greta im Kunstunterricht in kürzester Zeit täuschend ähnlich zeichnen konnte.

Finn war talentiert und lernte schnell. Seine Bewegungen waren einfach schön. Er konnte hart und schnell tanzen, aber dann auch weich und geschmeidig, ohne dass es komisch wirkte. Nur das Tempo machte ihm zu schaffen. Zumindest fiel es ihm schwer, die ganze Zeit über mitzuhalten.

»Du wirst an deiner Kondition arbeiten müssen, um das Tempo halten zu können«, überlegte ich laut. Und plötzlich hatte ich eine Idee: »Oder wir machen was anderes. Lass uns im Mittelteil einen Wechsel in ein paar ganz langsame Breakdance-Bewegungen machen, fast schon in Zeitlupe, als ob wir Roboter wären. Dann verwandelt der Roboter sich wieder schneller und schneller zurück zum Menschen. Das ist ein guter Bruch und spannender, als wenn du die ganze Zeit über das Tempo hältst.«

Finn war aus dem Häuschen und strahlte mich an. »Danke! Ich wusste, dass du mir helfen kannst.«

Ich verkniff mir die Frage, weshalb er nicht seine Freundin Viktoria um Rat gebeten hatte, schließlich war sie die Jahrgangsbeste, aber vielleicht war es ihm peinlich, vor Viktoria Schwäche zu zeigen? Wenn ich ehrlich war, wusste ich selbst, warum er mich gefragt hatte. Es gibt Tänzer, die perfekt nachtanzen können, bei denen jede Bewegung sitzt, denen aber die Fantasie und das Gefühl fehlt, um eigene Kreationen zu entwickeln. Viktoria gehörte zu dieser Sorte Tänzer und ich zu denen, die die Musik zum Sprechen bringen. »Wir brauchen noch eine Abschlussfigur, die alle umhaut. Da kommt mir bestimmt noch eine Idee«, sagte ich nachdenklich und begann, meine Sachen einzupacken.

Finn tat es mir gleich und fragte: »Willst du noch 'ne Cola trinken? Ich lade dich natürlich als Dankeschön ein?«

Nichts lieber als das. Aber ich dachte an die Spielregeln und lehnte ab, auch wenn ich dabei innerlich auf ein dickes Stück Holz beißen musste. Warum konnte Finn nicht Single sein? Das Leben war ungerecht.

Und es sollte noch viel ungerechter werden, und zwar an einer Stelle, an der ich es nie für möglich gehalten hätte.

8. KAPITEL

Anscheinend gab es zweimal im Jahr einen Elternabend an der *Dance Academy*, bei dem über das laufende Schuljahr gesprochen wurde. Da die *Dance Academy* zwar staatlich gefördert wird, sich aber hauptsächlich über Schulgeld und private Spenden finanziert, dürfen und sollen die Eltern viel Mitspracherecht haben. Mama freute sich darauf, zu kommen und endlich auch die anderen Eltern kennenzulernen. Sie war ganz aufgeregt. Beim Kofferpacken rief sie mich sogar an, nur um nachzufragen, was sie anziehen sollte.

Als Mama im Internat ankam, freuten wir uns unbeschreiblich. Es tat so gut, sie endlich leibhaftig hier zu haben und umarmen zu können. Das Internat stellte extra ein paar Zimmer für Gäste oder Eltern zur Verfügung, die einen weiten Weg nach Hamburg hatten. Mamas Zimmer lag ganz in der Nähe von unserem.

Sie hatte uns Muffins mitgebracht und fing gleich an, sich mit den anderen Eltern bekannt zu machen. Fröhlich winkend brach sie zum Elternabend auf.

Zwei Stunden später kam Mama wütend wieder in unser Zimmer hereingestürmt. Sie war völlig aufgebracht. Marie und ich saßen gerade auf der Couch, Anna war draußen – sie wollte ihre Eltern abholen. Mit großen Augen sahen wir Mama an.

»Diese Vierstädter! Ich bringe sie um! Wie kann man nur so eine Schlange sein?« Mama war außer sich, fast bildete sich Schaum vor ihrem Mund.

Wie von der Tarantel gestochen sprang ich von der Couch auf. Marie dagegen versuchte, Ruhe zu bewahren. Sie machte den Teekocher an, suchte den »Kleine-Auszeit«-Tee heraus, den sie selbst immer vor Prüfungen trank, um sich zu beruhigen.

»Was ist passiert?«, wollte ich ungeduldig wissen.

Endlich fing Mama an zu erzählen: »Die Mutter von Viktoria ist passiert. Also, wenn Viktoria nur halb nach ihrer Mutter geraten ist, dann weiß ich jetzt, was du zu ertragen hast. Ich hatte immer gehofft, dass du übertreibst, aber wahrscheinlich hast du sogar noch untertrieben!«

Sosehr ich mich darüber freute, dass Mama jetzt verstand, welches Kaliber ich mit Viktoria vor mir hatte, wollte ich einfach nur wissen, was passiert war. »Mama, spuck es bitte endlich aus!«

Sie hielt inne, sah mich ernst an, atmete tief durch. »Viktoria von Vierstädters Mutter versucht, dir das Stipendium wegnehmen zu lassen.«

WIE BITTE? Konnte mich mal jemand ganz kurz unter die Eisdusche stellen, schütteln und kneifen? Meine Knie sackten zusammen, ich setzte mich schleunigst wieder auf die Couch.

Mama nahm meine Hand. »Das wird sie natürlich nicht schaffen, aber allein die Dreistigkeit, es zu versuchen, ist unglaublich!«

Marie war blass geworden. »Aber wie denn?«, fragte sie erschrocken.

Mama erzählte endlich der Reihe nach: »Erst war es sehr nett. Es gab Getränke und belegte Brote, alle unterhielten sich ganz zwanglos. Dann setzten wir uns in einen Kreis, stellten uns vor und sagten dabei natürlich, wer unser Kind ist. Viktorias Mutter war von Anfang an aufgefallen. Sie sah aus, als ob sie gleich zur Fuchsjagd müsse und benahm sich dermaßen auffällig nach Knigge, dass es direkt anstrengend war. Die ganze Zeit spielte sie betont auffällig mit ihrem Siegelring herum. Sie setzte sich sofort neben mich, und als ich mich vorstellte, taxierte sie mich mit ihren Blicken und beobachtete mich so seltsam. Ganz komisch. Irgendwie hatte ich das Gefühl, dass das alles kein Zufall war und sie sehr wohl wusste, wer ich war.

Erst habe ich mir nichts dabei gedacht, aber dann haben wir die verschiedenen Punkte auf der Liste besprochen, und als ich mich zum Punkt ›Mensaessen‹ meldete und Verbesserungsvorschläge machte, sah sie mich an und fragte lächelnd:

›Meinen Sie nicht, dass Sie sich etwas zurücknehmen sollten? Schließlich sind sie hier kein zahlendes Mitglied. Die anderen Eltern dagegen schon, und vielleicht möchten sie deshalb auch gerne selber entscheiden, was mit ihrer finanziellen Unterstützung geschieht.‹

Ich meine, die ist sich sogar zu fein, ›Geld‹ zu sagen. Stattdessen nennt sie es vornehm ›finanzielle Unterstützung‹ – nicht zu fassen!!! Sie sagte das so beiläufig und leise, dass es niemand außer mir mitbekam.«

Ja, das hatte sie ihrer Tochter ebenfalls blendend beigebracht. Viktoria war Meisterin darin, mir ihre Gemeinheiten wie nebenbei einzuflüstern.

»Schließlich wurde besprochen, dass euer Balletttrainingsraum dringend renoviert werden muss. Es hat sich wohl Nässe hinter den Wänden gebildet, was leicht zu Schimmel werden kann. Das muss dringend gemacht werden, aber es sind keine Reserven dafür vorgesehen. 40 000 Euro kostet der Spaß. Alle waren ratlos, da meldete sich Viktorias Mutter zu Wort. Besorgt sah sie in die Runde und legte dann sehr geschickt los: ›Also, das Letzte, was wir alle wollen, ist, dass unsere Kinder in einem von Schimmel befallenen Raum trainieren müssen. Die Auswirkungen und Krankheiten, die so ein Schimmelbefall mit sich bringen, sind ja allgemein bekannt.‹ Alle nickten zustimmend. ›Aber woher nehmen wir die 40 000 Euro? Das ist zu viel Geld, als dass es von der Elternschaft aufgebracht werden kann – zusätzlich zum eh schon hochpreisigen Schulgeld. Ich weiß, dass das für viele Familien hier eine extrem hohe Belastung ist, manche haben dafür extra Kredite aufgenommen.‹ Dafür heimste sie zustimmendes Gemurmel ein. Dann fuhr sie fort: ›Ich sehe nur eine Möglichkeit. Die ist zwar sehr hart und bestimmt nichts, was uns leichtfällt, aber ich denke, das Wohl aller Schüler ist wichtiger als das Wohl eines einzelnen Schülers. Deshalb, auch wenn es mir sehr schwerfällt, weil ich ja, wie ihr alle wisst, immer sehr wohltätig bin und unzählige Hilfsorganisationen in Afrika unterstütze, mache ich einen Vorschlag, der unser Problem auf einen Schlag löst. Auch wenn es mir das Herz bricht, schlage ich vor, dass wir das Stipendium nach den Sommerferien auflösen, dann haben wir die 40 000 Euro, um den Schimmel zu beseitigen.‹«

Mama verstummte. Fassungslos schnappte ich nach Luft. Jetzt verstand ich, warum sie wie eine Furie zurückgekommen war. Ich glaube, ich wäre noch viel mehr ausgetickt! Jetzt war es wohl amtlich, von wem Viktoria ihre Bosheit geerbt hatte.

Marie schüttelte entsetzt den Kopf. »Und was haben die anderen Eltern und Lehrer gesagt?«

Mama sammelte sich und versuchte, ruhiger weiterzusprechen. Dabei nippte sie immer wieder an ihrem Tee. »Zuerst herrschte eine unangenehme Stille, und ich sah, wie alle verstohlen auf mich schauten und eine Reaktion erwarteten. Ich war allerdings so vom Donner gerührt, dass ich nur schockgefroren dasaß. Schließlich fragte Sophies Mutter, ob das denn überhaupt ginge oder erlaubt sei. Viktorias Mutter war bestens vorbereitet. ›Ja, das geht, weil das Stipendium kein staatlich finanziertes ist, sondern aus den Spenden an die Schule finanziert wird.‹

Eure Mimi fand als Erste die Sprache wieder. Sie war ganz außer sich und bot diesem Monster die Stirn. ›Ich finde den Vorschlag ungeheuerlich! Unsozial, unmoralisch und vor allem nicht gerechtfertigt. Mit dem Stipendium geben wir all den Talenten die Möglichkeit, sich zu entwickeln, deren Eltern sich das, seien wir mal ehrlich, wirklich teure Schulgeld nicht leisten können.‹ Sie wandte sich kurz zu mir: ›Tut mir wirklich leid, Frau Winter, dass diese Diskussion überhaupt stattfindet und dazu noch in Ihrer Gegenwart. Ich finde das sehr unwürdig, zumal Leonie eine der begabtesten Schülerinnen ist, die wir an der *Dance Academy* haben. Wenn wir, sobald es mal schwierig wird, die weniger Finanzkräftigen, aber dafür Begabtesten als Erstes ausmustern, sagt das über unsere Gemeinschaft nichts Gutes aus, Frau von Vierstädter.‹

Viktorias Mutter fühlte sich offensichtlich angegriffen und wollte gerade antworten, da schalteten sich Frau Wieland und Herr Schwarz ein und sagten, dass du nicht nur eine begabte Tänzerin seist, sondern auch zu den Klassenbesten in den anderen Schulfächern gehörst. Schließlich ergriff Viktorias Mutter wieder das Wort und sagte sehr beherrscht und wieder lächelnd: ›Ich weiß, in welche Ecke Sie mich gerade versuchen zu drängen. Aber ich habe in meinem Leben bestimmt schon so viel mehr an ehrenamtlicher Unterstützung geleistet und gespendet, als sie es jemals tun werden. Warum lassen wir nicht einfach die Elternschaft entscheiden, was wir mit dem Stipendium machen? Ich schlage vor, wir lassen das Thema erst einmal sacken und stimmen nächste Woche dazu ab. Ich bereite gerne Wahlunterlagen vor, die dann anonym in der Schule abgegeben werden können.‹

Wahnsinn! Die schreckt vor gar nichts zurück. Gegen diese Mutter ist Viktoria bestimmt eine harmlose Klosterschülerin, brav und moralisch korrekt. Also, Mimi hat sie jedenfalls zornig angefunkelt und gesagt: ›Das werden wir nicht machen. Ich werde erst mit unserem Schulleiter Professor Schneider sprechen, wie wir mit dieser Situation umgehen, aber eines kann ich Ihnen versichern: Das Stipendium bleibt bestehen.‹ Viktorias Mutter nahm das gelassen hin.

Als der Elternabend zu Ende war, sah ich, wie sie versuchte, beim Rausgehen auf andere Eltern einzureden. Ich hörte, wie sie zu Annas Mutter sagte: ›Mit Professor Schneider sind wir gut bekannt. Wir spielen im selben Golfclub, und seine Frau und ich sind im selben Lesezirkel.‹

Mimi kam auf mich zu und drückte mir entschuldigend die Hand. ›Sie wissen bestimmt, was das eigentliche Problem ist?‹

›Viktoria und Leonie?‹, fragte ich unsicher.

Mimi nickte: ›Viktoria ist seit frühester Kindheit darauf trainiert worden, immer die Beste zu sein. Sie ist begabt, aber sie muss dafür viel arbeiten. Und dann kommt Leonie. Ein Naturtalent, der anscheinend alles zufliegt. Das ist zu viel – aber nicht für Viktoria, sondern vor allem für ihre Mutter. Ob Sie es glauben oder nicht, Viktoria ist im Grunde ihres Herzens ein wirklich gutes Mädchen. Sie wird nur nicht gelassen!‹«

Ha! Von wegen! Bis bei Viktoria ein Herz zum Vorschein kam, musste man bestimmt jahrelang graben.

Die Türklinke wurde runtergedrückt, und Anna kam herein. Sie sah blass aus.

»Hast du schon gehört, was beim Elternabend los war?«, rief Marie aufgeregt und Anna nickte. Sie hatte recht gehabt, die Ruhe der letzten Wochen war trügerisch gewesen. Diese Von-Vierstädter-Schlangengrube hatte sich einen ganz perfiden Schlachtplan ausgedacht und mich deshalb in Ruhe gelassen.

Anna nahm mich in den Arm. »Du sollst dir keine Sorgen machen. Die Schule wird das nicht zulassen, aber es ist trotzdem übel, weil es dazu dient, dir unnötige Probleme zu machen, dich zu schikanieren. Die hoffen natürlich, dass du dich durch diesen Druck und den Wirbel um dich herum verschlechterst und keine so guten Leistungen mehr bringst. Aber jetzt erst recht, hörst du?!! Die *Dynamites* werden diese bekloppten *Dancing Queens* so was von in den Boden tanzen. Die Krönchen werden ihnen vom Kopf purzeln.«

Ich musste kurz auflachen. War ich froh, meine Familie und solche tollen Freundinnen zu haben!

Es klopfte an der Tür. Maries Eltern kamen hinzu. Maries Mutter ging als Erstes auf Mama zu und nahm sie in den Arm. »Es tut mir leid, dass Ihr erster Elternabend so furchtbar war. Glauben Sie mir – bis auf diese intrigante von Vierstädter und der etwas langweiligen Frau Raabe sind die Eltern hier schwer in Ordnung. Natürlich wird Leonie ihr Stipendium behalten. Aber allein dieser Versuch war einfach das Allerletzte! Da kann man sich nur fremdschämen.«

Mama schien erleichtert über so viel Solidarität, sie lächelte. »Ich würde mich gerne bei Ihnen allen bedanken und den Abend etwas schöner ausklingen lassen. In Hamburg soll es das beste Sushi überhaupt geben. Wollen wir zum Fischmarkt? Ich würde gerne alle auf eine Runde Sushi einladen.«

Annas und Maries Eltern waren gern dabei, und so machten wir uns zu ungewohnt später Stunde auf zum Sushi essen. Marie, Anna und ich nahmen uns an den Händen. Zum Glück schienen unsere Eltern sich genauso gut zu verstehen wie wir. Schon auf dem Weg zum Auto begannen sie sich zu duzen und sprachen sich mit Vornamen an. Gegen so einen Zusammenhalt würden keine von Vierstädters etwas ausrichten können.

Nach diesem schrecklichen Elternabend rechnete ich mit allem. Mama war das ganze Wochenende in Hamburg geblieben, und gemeinsam hatten wir viel unternommen und die Stadt unsicher gemacht. Irgendwie machte alles mehr Spaß – wenn die Sonne schien, die Bäume voller kleiner, hellgrüner Blätter waren und die Sträucher blühten. Hamburg war wirklich eine wunderschöne Stadt. Wie der Sommer hier wohl sein würde? Er stand vor der Tür, und ich konnte es kaum abwarten.

Als Mama mich am Sonntag beim Abschied besorgt ansah und laut überlegte, ob sie nicht noch einen Tag länger bleiben sollte, schüttelte ich energisch den Kopf. »Nein, das Wochenende war so schön, und ich habe so viele Leute, die auf meiner Seite stehen, das packe ich schon. Und falls doch etwas ganz Doofes passieren sollte, melde ich mich sofort. Versprochen!«

Am Montagmorgen war ich dann richtig angespannt. Was würde mich jetzt erwarten, wie würde Viktoria sich verhalten? Hatte sie in der Zwischenzeit vielleicht eine Unterschriftenaktion gegen mich organisiert? Und ihre Mutter mir Gift in mein Wasser gekippt oder ›nur‹ weiter am Feldzug gegen mich gearbeitet?

Was sah ich stattdessen? Eine Viktoria wie aus dem Ei gepellt, mit dem Strahlen des Jahrhunderts auf dem Gesicht, als sie gemeinsam mit ihren Zofen in den Gängen irgendwelche Flyer verteilte. Als hätte es den Elternabend nicht gegeben.

Ich hörte, wie Viktoria zu jemandem sagte: »Vergiss es nicht. Das wird die Party des Jahrhunderts!« Sie säuselte und drückte dem Mädchen ihren Flyer in die Hand.

Ich sah einige davon auf dem Boden liegen. Unauffällig hob ich einen auf. Es war eine aufwendig gedruckte Einladung zu einer Party bei Viktoria zu Hause. Für den kommenden Samstag. Was hatte es denn damit auf sich? Zeit, die Schweiz zu befragen, diese Mädels waren schließlich immer bestens informiert. Ich machte Marie und Anna Zeichen, ob sie wüssten, wo sich die Schweiz aufhielt. Sie zeigten rüber zur Mensa. Und da saßen sie, wie immer schön neutral in einer Sitzecke vor der Mensatür.

»Was hat das zu bedeuten?« Ich kam gleich zur Sache und schob Meli den Flyer mit der Einladung zu. Die Schweiz war nicht nur neutral, sondern ließ sich ihre Informationen auch was kosten. In Form von Gefallen oder Gegenleistungen. Nur zu gut wusste ich, was sie von mir wollten.

»Ich gehe mit euch dafür auch eure Choreo für die Stadtmeisterschaften durch. Und gebe euch Tipps, okay?«

Meli schaute kurz die anderen der Clique an. Sie nickten zustimmend. Meli drehte sich vorsichtig nach allen Seiten um, dann packte sie aus: »Diese Party veranstaltet Viktoria natürlich nicht ohne Grund! Die Idee von Viktorias Mutter beim Elternabend, dein Stipendium abzuschaffen, ist ja komplett nach hinten losgegangen. Der Direktor – eigentlich ein guter Freund der von Vierstädter – fand die Aktion wohl gar nicht gut und appellierte an das soziale Gewissen von Viktorias Mutter. Wörtlich soll er gesagt haben: ›Gerade du, meine Liebe, engagierst dich doch im sozialen Bereich so sehr. Ich verstehe das einfach nicht, und so ein Verhalten passt gar nicht zu dir. Das Stipendium bleibt selbstverständlich – und wenn ich es aus meiner eigenen Tasche bezahle.‹ Viktorias Mutter hat ein gutes Gespür dafür, wann sie sich unbeliebt macht. Sie ruderte also schnell zurück, aber leider hatte sie zu diesem Zeitpunkt schon sehr viele Sympathiepunkte eingebüßt und Viktoria auch. Sogar Sophie und Katharina haben sich von Viktoria zum ersten Mal distanziert, seit ich die beiden kenne. Nur Mia, eine Klasse unter Viktoria, läuft ihr noch treu hinterher. Aber sie ist auch eher wie ein Hündchen und findet einfach immer alles toll, was Viktoria macht. Sophie hat mir gesteckt, dass sogar Viktoria selbst die Aktion ihrer Mutter zu krass gefunden hat. Sie will ja eigentlich nur die Stadtmeisterschaften gewinnen und Finns ungeteilte Aufmerksamkeit. Viktorias Mutter plagt anscheinend ein wenig das schlechte Gewissen, auch wenn sie es nie zugeben würde. Aber aus diesem Grund darf Viktoria jetzt die Party des Jahres werfen. Sie will gute Stimmung machen, zumal die jährliche Wahl der Schülerzeitung bevorsteht und natürlich die Stadtmeisterschaften!«

Irritiert sah ich Meli an und fragte: »Was ist denn die jährliche Wahl der Schülerzeitung?«

Meli erklärte bereitwillig: »Die Wahl der Schülerzeitung ist am Ende des Schuljahres immer DIE Attraktion. Es gibt verschiedene Rubriken, zum Beispiel ›lustigstes Mädchen und lustigster Junge‹, ›schönstes Paar‹, ›beliebtestes Mädchen und beliebtester Junge‹ und so weiter. Bislang hat Viktoria die wichtigsten Rubriken immer gewonnen, also schönstes, beliebtestes, intelligentestes Mädchen, die anderen Rubriken waren ihr angeblich egal oder, wie ihre Mutter es anscheinend ausdrückte ›die Verliererrubriken‹.

Gut, jetzt war ich im Bilde. Brot und Spiele für das Volk, damit Prinzessin Viktoria ja nicht von ihrem Beliebtheitsthron geschubst wurde … Eine Party für alle, um abzulenken und gute Laune für die anstehende Wahl zu verbreiten. Geschickt, raffiniert und echt widerlich!

»Danke dir! Wollen wir nach dem Konditionstraining eure Choreo besprechen?« Meli stimmte erst erfreut zu, dann druckste sie herum. Sie rang sichtbar mit sich. Da gab es anscheinend noch etwas. Erwartungsvoll sah ich sie an, und schließlich platzte es aus ihr heraus. »Eins solltest du noch wissen, quasi als Vorwarnung. Viktoria lädt die ganze Schule ein – nur dich nicht!«

9. KAPITEL

Das saß! Gut, ich hatte nicht erwartet, dass sie mich zu sich nach Hause einladen würde, aber wenn sie wirklich die gesamte Schule einlud, nur mich als Einzige nicht, dann fühlte sich das schon wie die absolute Ausgrenzung an!

Wie in Trance ging ich mit Marie und Anna Richtung Speisesaal und sah, wie Sophie und Katharina inzwischen halfen, die aufwendig gedruckten Einladungen zu verteilen. Bis zum Ende der großen Pause wusste die ganze Schule Bescheid, und es gab nur noch ein Thema: Viktorias Party. Sogar Anna und Marie bekamen eine Einladung. Anfangs fanden das viele gemein, aber da alle anderen eingeladen waren und sich freuten, war es schnell kein Thema mehr. Alle redeten über die Party. »Was ziehst du eigentlich an am Samstag?«, drang es aus der einen Ecke. »Schenken wir Viktoria gemeinsam was?«, schallte es aus der anderen. Als ich in den Speisesaal kam, lief ausgerechnet Finn direkt vor mir auf Viktoria zu, auch er hatte eine Einladung in der Hand. Zur Begrüßung gab er ihr einen Kuss auf die Wange und lächelte. Immer noch zuckten meine Knie, wenn er das tat. Warum bin ich nicht an ihrer Stelle?, pumperte dann mein Herz jedes Mal. Jetzt lachte Finn Viktoria an. »Du hast tatsächlich die gesamte Schule eingeladen? Ich hoffe, deine Eltern sind gut versichert.«

Das waren sie bestimmt. Viktorias Mutter überließ gewiss nichts dem Zufall.

Aus den Augenwinkeln hatte Viktoria mich entdeckt. Sie zwickte Finn demonstrativ in die Seite und kicherte gekünstelt. »Eröffnest du dann bei meiner Party mit mir die Tanzfläche?«, fragte sie Finn laut genug, damit ich es ja auch hörte.

»Wenn du das willst?«, sagte er und zwinkerte ihr zu. Wieder spürte ich einen Stich. Warum war ich nicht an Stelle dieser dummen Kuh? Wenn Finn und Viktora den Abend mit einem gemeinsamen Tanz eröffneten, war ihnen die Wiederwahl zum schönsten Paar der Schule bestimmt auch dieses Jahr garantiert, dachte ich, während ich mir einen Kakao und ein Käsebrötchen nahm.

Die Glocke schlug dreimal zum Ende der großen Pause. Anna und Marie waren bereits in unser Klassenzimmer vorgegangen, ich musste noch auf die Toilette. Als ich herauskam, lagen die Flure wie ausgestorben vor mir. Ich musste mich beeilen.

Gerade wollte ich um die Ecke biegen, als ich Mimi sah. Sie stand bei Viktoria am Spind und redete mit ihr. Weil sie mich zum Glück nicht sehen konnten, ging ich betont langsam und mit offenen Ohren vorbei.

»Du kannst doch nichts für das Verhalten deiner Mutter!«, hörte ich Mimi sagen. »Wichtig ist, dass du deinen eigenen Weg findest!«, fügte sie noch hinzu.

Mimi sah nicht glücklich aus, irgendwie verärgert und angespannt.

»Ich habe gehört, dass du eine Party gibst und bis auf Leonie die gesamte Schule eingeladen hast. Stimmt das?«

Mein Atem setzte vor Aufregung aus. Nichts wie weg hier! Wenn die beiden mich entdeckt hätten, wäre es mega peinlich gewesen!

Auf leisen Sohlen ging ich schneller weiter, aber ich konnte noch hören, wie Viktoria genervt antwortete: »Ich mag sie einfach nicht. Seit sie da ist, gibt es nur Probleme – ich muss noch mehr üben, noch bessere Noten schreiben, noch beliebter sein, muss auf Finn aufpassen. Wenn ich dann am Wochenende bei mir zu Hause eine Party mache, möchte ich Leonie da nicht auch noch sehen.«

Ich konnte in Mimis Stimme quasi ein Lächeln hören, als sie verständnisvoll antwortete: »Das kann ich sogar verstehen. Ich sehe doch, wie sehr du unter Druck geraten bist durch Leonie. Aber anstatt ständig nach ihr zu schielen, solltest du dich einfach auf dich selbst konzentrieren. Nur weil Leonie gut ist, wirst du nicht schlechter. Nimm es als Ansporn herauszufinden, warum du tanzen möchtest und was deine Art zu tanzen besonders macht. Was dein Privatleben angeht, kann ich dich natürlich nicht dazu zwingen und verstehe dich. Ich hätte es eine schöne Geste gefunden, zumal ich immer noch glaube, dass du und Leonie gut zueinanderpassen würdet. Ihr scheint auf den ersten Blick sehr unterschiedlich, aber ich bin sicher, ihr würdet euch mögen, wenn ihr euch nur mal näher kennenlernen würdet.«

Zum Glück war ich außer Sichtweite, denn meinen sauren Gesichtsausdruck hätte besser niemand sehen sollen. Viktoria und ich befreundet? Nur über meine Leiche!!

»Kommst du in die Küche? Wir sollten anfangen, die Pizzen zu belegen!«, rief Mama gut gelaunt. Es war Samstag. Ich war als Einzige nach Hause gefahren, denn alle anderen waren ja auf Viktorias Party.

Es war schlimm, so ausgeschlossen zu sein. Nicht mit den anderen zu besprechen, was man anzog, wann man sich traf, auf wen man sich freute und so weiter. Vor allem schon wieder das Tuschelthema der Schule zu sein, war auch nur mittellustig. Immerhin war diese fiese Stipendium-Aktion von Viktorias Mutter vom Tisch. Ich glaube, sie hat sogar Ärger bekommen.

Mama und ich waren alleine, Papa musste ausnahmsweise noch arbeiten, Liv war verabredet, und selbst Greta war nicht da. Sie musste ausgerechnet an diesem Wochenende mit ihrer Familie zu den Großeltern fahren! So kam es, dass wir es uns laut Mama mal »richtig gemütlich machten« mit Pizza und meinem Lieblingsfilm. »Weißt du, das ist nur ein Abend, und der geht schnell vorüber. Am Montag ist die Party bestimmt noch Gesprächsthema und spannend, aber schon am Dienstag ist sie dann Schnee von gestern.«

Wahrscheinlich hatte sie recht. Ich versuchte, einfach nicht daran zu denken. Anna und Marie hatten sogar angeboten, nicht zur Party zu gehen. Aber das hatte ich abgelehnt, schließlich gab es keine Sippenhaft, und Maries Schwarm Paul ging natürlich auch zur Party. Das war DIE Gelegenheit für sie, ihm näherzukommen.

In der Küche lag der Pizzateig bereits ausgerollt auf dem Blech. Mama hatte ihn selber geknetet und schon mit Tomatensauce bestrichen. In kleinen Schüsseln lagen lauter leckere Zutaten, die ich für die Pizza auswählen durfte: Schinken, Champignons, Gemüse, Mozzarella, Ananas, Oliven, Zwiebeln, Thunfisch, Ruccola und Peperoni. Ich unterteilte das Blech in mehrere Quadrate und machte mich an die verschiedensten Variationen. Das lenkte ab – auch von Finn, denn natürlich dachte ich immer wieder an ihn, auch wenn das nicht richtig war. Er war Viktorias Freund, warum auch immer! Keine Ahnung, womit sie ihn erpresste oder was sie ihm vorspielte, vielleicht war ja die Beziehung arrangiert? Vielleicht wurde das ja in Adelskreisen immer noch so gehandhabt? Auf alle Fälle versetzte es mir einen Stich, und deshalb war es eine gute Idee, Paprika mit Zwiebeln und Thunfisch zu verteilen, anstatt traurigen Gedanken nachzuhängen.

Ich war so konzentriert, dass ich Papa gar nicht hatte kommen hören. Lachend wirbelte er mich hoch. »Was ist das denn bitte für eine verrückte Welt, in der meine bezaubernde Tochter als Einzige an einem Samstagabend nicht eingeladen ist?«

Zwar war ich bei Viktoria nicht eingeladen, aber dafür hatte ich die beste Familie der Welt – zumindest wenn Livs Laune und Hormonstatus mitspielten.

Papa sah mich verschmitzt an: »Ich habe noch eine Überraschung dabei.« Fragend sah ich ihn an, dann hörte ich Schritte, und plötzlich stand Greta im Türrahmen! Kreischend fielen wir uns um den Hals und hüpften begeistert auf und ab! Mama schien überhaupt nicht überrascht zu sein. Wie sich herausstellte, hatten Papa und sie das gemeinsam geplant.

»Wahnsinn, endlich mal wieder ein Wochenende zusammen, oder?«, rief Greta überglücklich.

Ach, tat das gut! Ein vertrautes Gesicht, ein Leben ohne Zicken und komplizierte Probleme. Mit einem Schlag kam die Sehnsucht nach meinem alten Leben hoch.

»Komm, wir gehen in mein Zimmer!«, sagte ich zu Greta und zog sie mit. Natürlich wollte ich ihr, während die Pizza im Ofen knusprig wurde, in Ruhe noch mal alles erzählen. Über das Handy und Skype war es eben doch nicht dasselbe,

und oft vergaß ich das ein oder andere, weil ich es eilig hatte oder ins Bett musste.

Mit offenem Mund saß mir Greta gegenüber, als ich fertig war. »Das ist ja wie in diesen Soaps, die wir immer gemeinsam gesehen haben! In Waldesruh ist das Skandalöseste, dass Lili Frau Wimmer beim Bäcker nicht gegrüßt hat«, rief sie staunend, nur um sich im nächsten Moment diebisch zu freuen. »Wir sollten einfach auf diese Party fahren und sie sprengen!«, schlug sie aufgeregt vor. Ja, genau, Spitzenidee … und Montag konnte ich mich dann gleich selber aus der Schule entlassen vor lauter Peinlichkeit.

»Ich verstehe ja, dass es für dich sehr spannend wäre, mal alle dort zu sehen. Aber ich muss am Montag wieder dahin und kann leider nicht mit zurück nach Waldesruh.«

Greta nickte verständnisvoll. »Klar! Würde ja auch viel zu lange dauern … Hach, ich würde einfach nur zu gerne das Gesicht von dieser Prinzessin auf der Erbse sehen, wenn du da auftauchen würdest!« Wir sahen uns an und mussten bei der Vorstellung beide loskichern. Es war wie immer! Greta hatte sich überhaupt nicht verändert und ich anscheinend auch nicht, abgesehen von der coolen Frisur und den Klamotten, wie Greta anerkennend bemerkte.

»Darf ich das Kleid mal anprobieren?« Eigentlich fragte sie nur pro forma, denn sie stand bereits vor dem Spiegel, bereit zur Modenschau, und durchwühlte meinen Koffer.

Es klopfte an der Tür, Papa steckte die Nase herein. »Pizza ist fertig. Kommt ihr?« Das musste uns keiner zweimal sagen. Mama und Papa hatten den Tisch extra mit Kerzen und Blumen gedeckt. Es sah super gemütlich aus, und die Pizza duftete so lecker, dass ich gar nicht wusste, welche Sorte ich zuerst probieren sollte. Zur Feier des Tages gab es sogar Cola, was Mama sonst nie erlaubte.

Gerade biss ich in mein Stück Pizza, als es klingelte. Wir sahen uns alle fragend an. Liv vielleicht, die ihren Schlüssel vergessen hatte? Papa ging zur Tür – und kam mit Marie und Anna im Schlepptau zurück in die Küche.

»Du hast doch nicht im Ernst geglaubt, dass wir ohne dich in die Höhle der Löwin gehen. Uns gibt's nur im Dreierpack!«, riefen meine Freundinnen gleichzeitig und rollten ihre Koffer in den Hausflur. »Alle oder keine!«

Mensch, fühlte sich das gut an! Überglücklich und gerührt fiel ich den beiden in die Arme. Nach dieser absolut üblen Woche voller Ablehnung und Zurückweisung und dem Vorfall mit meinem Stipendium tat es verdammt gut, so viele Menschen hinter mir zu wissen. In schlechten Zeiten konnte man wirklich sehen, wer zu einem hielt.

»Hallo Greta, endlich sehen wir dich mal wieder in echt und nicht über einen Bildschirm!«, plapperte Marie munter drauflos. Greta und die beiden Mädels hatten sich ja ganz kurz schon bei meiner Aufnahmeprüfung kennengelernt, als uns das Zimmer gezeigt wurde. Der Bann war gebrochen, die drei verstanden sich auf Anhieb und hatten zum Glück denselben Humor. Wie sich herausstellte, war alles schon ausgemacht: Anna und Marie blieben über Nacht – Pyjamaparty. Und nicht nur das: Sie konnten bis Sonntag bleiben, dann würden wir gemeinsam nach Hamburg zurückfahren. Gemeinsam mit Mama hatten sie alles geplant und vorbereitet. Deshalb auch die Massen an Pizza!

Der Abend war der Hit! Wir sangen gemeinsam *Singstar* auf der Playstation, tanzten als *Dynamites* vor Greta, Mama und Papa, machten eine Modeshow im Wohnzimmer und knüpften uns coole Freundschaftsbänder.

Wie genial!, dachte ich, als ich mich sehr spät und völlig erschöpft und müde auf unser Matratzenlager fallen ließ. Es gab nur einen ganz kleinen Wermutstropfen, der mich nach wie vor beschäftigte: Was dachte eigentlich Finn darüber, dass ich nicht zu Viktorias Party eingeladen war? Fand er es nicht auch fies und würde Viktoria darauf ansprechen? Am Montag würde ich ihn beim Training wiedersehen, und ich war mega gespannt, wie er sich verhalten würde.

10. KAPITEL

Mir ging es so richtig schlecht! Grottenschlecht. Ich hatte den absoluten Tiefpunkt erreicht. Dabei hatte ich gedacht, dass es nach Viktorias Gemeinheit, mich als Einzige nicht einzuladen, nicht mehr schlimmer werden konnte.

Nach ihrer Party war Viktoria deutlich besser drauf gewesen. Keine blöden Kommentare, kein Gekicher, wenn ich vorbeilief – sie hatte mich einfach in Ruhe gelassen. Ihre Party war anscheinend DAS Ereignis gewesen. Die Schweizer Clique hatte uns ausführlich berichtet: Viktorias Mutter hatte das gesamte Haus und den Garten im Zeichen der *Dancing Queens* dekorieren lassen. Überall hingen anscheinend goldene Kronen, Girlanden, dazu passende goldene Luftballons, es gab eine vierstöckige Torte mit Viktoria, Sophie und Katharina als *Dancing Queens* als Verzierung, Getränke mit goldenen Strohhalmen. Es gab einen Schminkstand, bei dem man sich mit goldenem Puder, Mascara und Lidschatten schminken lassen konnte, samt Goldstaub im Haar. Die Jungs durften auf eine eigens aufgebaute Wand Graffiti sprühen. Sie hatten DJ Motze engagiert, den coolsten DJ der Stadt, und eine große goldene Tanzfläche im Garten vor dem Swimmingpool aufgebaut. Sie wurde angestrahlt, und im Pool schwammen lauter goldene Lichter. Angeblich sah es magisch aus! Das Essen war wohl köstlich gewesen. Lauter kleine Meisterwerke kamen aus der aufgebauten Küche. Vor den Augen der Gäste hatte ein Koch frisches Sushi gerollt, ein anderer kümmerte sich um Miniburger, der nächste verteilte Pasta und Salat. Im Garten gingen als goldene *Dancing Queens* verkleidete Mädchen mit einem Bauchladen umher und verteilten Eis, Popcorn und Schokolade. Dazu reichten sie Servietten mit *Dancing Queen*s Schriftzug und Viktorias Familienwappen. Ihre Mutter hatte die Idee gehabt, dass die *Dancing Queens* an Viktorias Party ihren ersten Auftritt haben sollten. Dazu hatte sie extra Kostüme maßanfertigen lassen. Coole schwarze Stretchhosen mit goldenen Streifen an der Seite und schwarzen Kapuzenshirts mit einer goldenen Krone auf der Vorderseite und ihrem Namen in Gold auf dem Rücken. Dazu trugen sie schwarz-goldene Sneakers. Es sah anscheinend aus wie Hip-Hop de luxe. Niemals zuvor hatte es eine coolere Party gegeben, das hörte ich immer wieder. Und als Fotos herumgezeigt wurden, war ich sprachlos, in welcher Welt Viktoria lebte. Das sah aus wie im Märchen! Die Fotos von ihr und Finn, wie sie die Tanzfläche eröffneten, taten einfach nur weh. Sie sahen gemeinsam zu schön aus, sie lachten und wirkten beide total glücklich auf den Fotos. So sollte es auch sein, schließlich waren sie ja ein Paar. Ich musste mir Finn endlich aus dem Kopf schlagen. Fest nahm ich mir vor, dass das nächste Tanztraining das letzte sein würde. Schließlich ging es bereits auf die Sommerferien zu, bald war das Schulfest, bei dem Finn seinen Auftritt hatte. Seine Choreo saß schon ziemlich gut, es ging eigentlich nur noch um den letzten Schliff, und den konnte ich ihm beim nächsten Training zeigen. Danach würde ich mich komplett zurückziehen und mich auf die Sommerferien in Waldesruh freuen – auf Greta, meine Eltern, unseren Hund, auf Liv und unsere Großeltern.

Das war jedenfalls mein Plan gewesen, und während Viktoria mich wieder wie zuvor nicht mehr beachtete, nahm das Unheil seinen Lauf, ohne dass ich etwas dafürkonnte oder eine Ahnung gehabt hätte.

Am Freitag in der großen Pause ging es los. Ganz harmlos. Die freiwilligen Helfer der Schülerzeitung *Nachgefragt* hatten ihren Stand aufgebaut und verkauften die letzte Ausgabe vor den Ferien.

»Die neue *Nachgefragt* mit der aktuellen Schülerwahl. Holt euch die Ergebnisse!«, riefen sie wie die Marktschreier. Sofort sammelte sich eine Traube von Schülern vor dem Stand. Alle wollten die Zeitung unbedingt haben. Anna, Marie und mich ließ es kalt, schließlich ging es bei diesen Kategorien nicht um uns, sondern um die Viktorias und Finns dieser Schule, die Schönen und Reichen – nicht um Aschenputtel und ihre Freundinnen.

Also sahen wir eher gleichgültig dem Treiben zu und amüsierten uns, bis wir bemerkten, dass immer mehr Schüler zu uns herüberschauten. Erst hielten wir es für einen Zufall, aber dann wurde uns klar, dass immer mehr Mädchen tuschelten und wieder in die Zeitung sahen.

Anna sprach es als Erste aus: »Okay, anscheinend steht irgendetwas über jemanden von uns in der Zeitung. Ich kauf mal eine.« Genervt stellte sie sich in die Schlange und kam mit einem Exemplar zurück. Gemeinsam blätterten wir zu den Wahlergebnissen. Mir stockte der Atem:

Wahlergebnisse:

Lustigstes Girl

1. Platz: Marie Neuburger
2. Platz: Charlotte Jung

Lustigster Boy

1. Platz: Constantin Wild
2. Platz: Max Hörr

Schönstes Girl

1. Platz: Viktoria von Vierstädter und Leonie Winter
2. Platz: Anna Brenner

Schönster Boy

1. *Platz: Finn von Weißenberg*
2. *Platz: Paul Schreiber*

Schönstes Paar

1. *Platz: Viktoria von Vierstädter und Finn von Weißenberg*
2. *Platz: Senna Güler und Kenny Schmidt*

Begabteste Tänzerin

1. *Platz: Leonie Winter*
2. *Platz: Viktoria von Vierstädter*

Ich konnte es nicht glauben! Ich war mit Viktoria auf den ersten Platz zum hübschesten Mädchen gewählt worden UND zur begabtesten Tänzerin?!!?

»Scheint, dass du eine größere Fangemeinde hast als vermutet«, sagte Marie grinsend. Und Anna fügte hinzu: »Interessant, was geheime Wahlen so alles zum Vorschein bringen, wenn keine Viktoria hinter den Leuten steht und ihnen einflüstert, wie sie jemanden zu finden haben.«

Ich war baff, aber auch Anna und Marie freuten sich über ihre Plätze. Plötzlich stieß Marie mich an und deutete unauffällig zum Eingang, wo gerade Viktoria samt Gefolge erschienen war. Unter großem Hallo kauften sie sich eine Ausgabe.

»Ich glaube, jetzt wäre ein guter Moment zu verschwinden«, sagte ich leise. Denn alle sahen zwischen mir und Viktoria hin und her. Sie wussten, was die Platzierungen bedeuteten. Alle wollten Viktorias Reaktion sehen. Außer mir!

Marie und Anna wollten sich aber das Spektakel nicht entgehen lassen: »Besser, wir bekommen live mit, was passiert, dann kannst du dich gleich darauf einstellen.«

Worauf denn noch einstellen? Würde mich Viktoria dieses Mal verschleppen lassen oder meine Eltern bestechen, mich ins Ausland zu schicken, oder mir vielleicht ein Bein brechen?

Viktoria blätterte sehr gelassen und siegessicher durch die *Nachgefragt*. Vor den Augen aller las sie die Wahlergebnisse. Falls sie geschockt oder sauer war, ließ sie es sich nicht anmerken. Aber plötzlich sah sie sich suchend auf dem Pausenhof um. Oh nein! Hatte sie etwa Schlägertrupps organisiert?

Als sie mich sah, setzte sie sich in Bewegung, ihre Entourage in gebührendem Abstand hinter sich. Alle, inklusive mir, hielten den Atem an.

Viktoria bewegte sich schnurstracks auf mich zu. Als sie direkt vor mir stand, lächelte sie mich breit an und schüttelte mir die Hand, um zu gratulieren. »Leonie, herzlichen Glückwunsch! Jetzt sind wir wohl so etwas wie Schneeweißchen und Rosenrot. Für jeden Geschmack ist was dabei.« Sie sagte es so laut, dass alle es hörten.

Ich nickte freundlich und machte mich schnell vom Acker. Vielleicht hatte sie die anderen Schüler täuschen können – mich aber nicht. Trotz ihres Lächelns hatte ich das Flackern in ihren Augen gesehen – und das verhieß nichts Gutes. Sie war mit mir noch lange nicht fertig! Das stand fest. Nur wussten wir jetzt beide, dass ich nicht die unbeliebte Außenseiterin vom Lande war, auch wenn sie mich in dieser Rolle gerne gesehen oder gelassen hätte.

Natürlich besprachen Anna, Marie und ich es ausführlich, sodass ich fast die Zeit darüber vergaß. Eilig ging ich Richtung Turnhalle. Vor lauter Schülerzeitung hatte ich ganz vergessen, dass heute mein letztes Training mit Finn war. Zumindest war das der Plan gewesen.

Widerstrebend ging ich in die Umkleide zu meinem Spind und zog meine Trainingsklamotten und Schuhe an, dann ging ich langsam zum Proberaum. Das Schlimme war, dass ich die Zeit, die ich mit Finn verbrachte, jedes Mal so sehr genoss, dass ich das Gefühl hatte, Stunden seien Sekunden. Ich war aufgeregt, fühlte mich lebendig und vergaß alles um mich herum, wenn er mich ansah oder mit mir sprach. Es war das beste und gleichzeitig übelste Gefühl der Welt, denn er war schließlich nicht MEIN Freund. Der Aufprall nach meiner Schwärmerei war jedes Mal so hart, dass ich es einfach abstellen musste.

Finn wartete bereits und legte gerade die Musik auf. Neben seinen Sachen lag eine Ausgabe der *Nachgefragt* auf der Bank. Er begrüßte mich freudig und sah meinen Blick auf die Zeitung.

»So, jetzt werde ich also vom hübschesten Mädchen und

der begabtesten Tänzerin der Schule trainiert.« Er grinste hinreißend und mein Magen zog sich zusammen. Am liebsten hätte ich geantwortet: ›Und ich trainiere den Freund der unangefochtenen Prinzessin, die mich bald erdolchen oder als Aschenputtel schön zurück in die Pampa schicken wird‹. Finn bemerkte, dass ich anders war als sonst und fragte, was los sei.

»Nichts, alles gut. Ich denke, dass das heute unsere letzte Stunde sein wird. Du beherrschst deine Performance ja inzwischen. Heute würde ich noch mal die letzten Sprünge trainieren.«

Er runzelte die Stirn. Ich merkte, dass ihm nicht gefiel, was ich sagte. »Okay, dann lass uns mal mit dem Aufwärmen anfangen«, schlug ich vor, um schnell die Stunde hinter mich zu bringen.

Wir probten einmal den gesamten Ablauf, sprich Finn tanzte vor und ich sah zu und gab Ratschläge. Er tanzte einfach unglaublich! Mit so viel Ausdruck und Lässigkeit, als ob es überhaupt nicht anstrengend wäre. Die anderen würden ausflippen, wenn er am Schulfest tanzte.

Wie immer probten wir anschließend die schwierigsten Sprünge.

»Pass auf, wenn du mit dem linken Bein abhebst, musst du dich schneller drehen«, sagte ich und machte es vor. Plötzlich durchfuhr mich beim Absprung im linken Fuß ein Schmerz wie von tausend Nadelstichen. Ich knickte ein, fiel um und schrie vor Schmerz. Ich konnte das Bein kaum bewegen, die Tränen liefen nur so über mein Gesicht.

Finn kam sofort angerannt, zog seine Jacke aus und lagerte mein Bein damit etwas höher. Danach rannte er zum Haustelefon und rief unseren Sportarzt Dr. Winger an. »Hey, alles wird gut!«, sagte er beruhigend und strich mir über die Haare.

Ich war panisch! Was war denn nur mit meinem Bein? Und wieso tat mein Fuß so höllisch weh? Wo kam nur dieses Stechen her?

Vorsichtig zog Finn mir den Schuh aus und erschrak. Ich sah genauer hin – Blut quoll aus meiner Socke. Sofort griff ich nach dem Schuh und sah, dass eine feine Nadel darin steckte. Sie war von außen über die Sohle reingebohrt worden und zwar nur so tief, dass sie von der Schaumgummischicht der inneren Sohle abgefedert wurde, wenn ich normal ging. Aber da ich gesprungen war, hatte sie sich in meinen Fuß gebohrt.

Kreidebleich zeigte ich Finn den Schuh.

Er fuhr sich durch die Haare und war entsetzt. »Das kann doch nicht wahr sein! Wer macht denn so was?«

Tja. Ich hatte da so eine Idee. »Na, wer wohl! Viktoria natürlich!«, schnaubte ich zwischen Schmerzen und Wut. »Sie hasst mich, seit ich hier bin. Sie will nicht, dass ich mit dir trainiere, und vor allem will sie verhindern, dass ich die Stadtmeisterschaften mittanze.«

Finn sah mich erschrocken an und schüttelte den Kopf. »Nein, Leonie, ich verstehe, dass du das denkst, aber so ist Viktoria nicht. Glaub mir, ich kenne sie besser.«

Von wegen! Er kannte doch nur ihr aufgesetztes, liebes Gesicht. Finn hatte keine Ahnung, was für eine linke Bazille sie war.

Dr. Winger kam mit seinem Arztkoffer angeeilt und sprühte erst einmal etwas Kältespray auf, um das Bein überhaupt untersuchen zu können. Mit hochgezogenen Augenbrauen sah er auf meine blutige Socke. »Was ist da denn passiert?«

Er zog die Socke aus und sah den Einstich. »Bist du in irgendetwas Spitzes getreten?« Finn sah mich aufmerksam an. Wahrscheinlich befürchtete er, ich könnte meinen Verdacht wiederholen. »Ja, anscheinend ist mir eine Nadel in den Schuh reingefallen, als ich gestern einen Knopf angenäht habe«, log ich und sah die Erleichterung auf Finns Gesicht. Dabei standen von allen Schülern die Sportschuhe immer vor den Spinden, gut zugänglich für jeden. Keiner schleppte die Schuhe extra auf sein Zimmer.

Dr. Winger schüttelte den Kopf. »So ein Pech aber auch! Also, was dein Bein angeht: Das sieht nach einem Muskelfaserriss aus. Ich hoffe, dass nicht zu viel angerissen ist, sonst müssten wir operieren. Du musst allerdings dein Bein erst mal schonen, dann fangen wir langsam mit ganz leichten passiven Bewegungen an.«

Was bedeutete das denn konkret? »Ich muss aber trainieren. Wann kann ich das denn wieder? Die Meisterschaften sind in zwei Wochen, wir sind mitten in der heißen Trainingsphase.«

Tröstend nahm Dr. Winger meine Hand. »Richtig belasten und trainieren kannst du diese Woche auf gar keinen Fall. Wir müssen sehen, wie es verheilt. Deine Chance, bei den Meisterschaften mitzutanzen, sehe ich bei 30 Prozent. Tut mir leid!«

Fassungslos sah ich von ihm zu Finn. Mein größter Traum war dabei zu platzen. Anna, Marie! Was würden sie sagen? Und das alles nur, weil ich unbedingt Finn helfen musste, der eh mit meiner schlimmsten Feindin zusammen war.

Dr. Winger brachte mir Krücken. »Komm morgen früh bitte gleich zu mir, dann beginnen wir dein Bein vorsichtig zu bewegen. Und heute bitte kühlen und hochlagern. Unbedingt Ruhe halten!«

Wie in Trance stand ich auf, humpelte mit meinen Krücken und den Schuhen unterm Arm Richtung Umkleide. Finn wollte mich begleiten, aber ich lehnte ab. Im Moment wollte ich niemanden um mich haben, schon gar nicht ihn. »Es tut mir so leid! Ich mache mir solche Vorwürfe!«, wiederholte er immer wieder. »Und danke, dass du nichts wegen Viktoria gesagt hast. Sie war es nicht und hat es schon schwer genug!«

Genau das wollte ich jetzt als Letztes hören. Ohne mich zu verabschieden, humpelte ich zum Krankenzimmer und wartete dort im Bett auf Mama, die von Dr. Winger benachrichtig worden war und den nächsten Flieger genommen hatte. Finn blieb zurück.

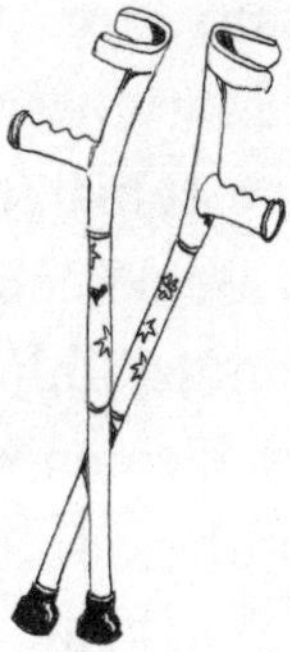

11. KAPITEL

Als Mama mich endlich in den Arm nahm und fest an sich drückte, kullerten die Tränen nur so.

»Mein armer Schatz! Wir sollten mit Marie und Anna sprechen. Sie müssen wissen, was passiert ist. Und morgen werde ich mit Mimi reden. Das war ein hinterhältiger Angriff auf dich und deine Gesundheit. Ich weiß nicht, ob wir dich an der *Dance Academy* lassen sollen. Ich weiß, Tanzen ist dein Traum, aber ich finde, du zahlst einen zu hohen Preis dafür, und diese Aktion mit der Nadel geht einfach zu weit. Das ist gefährlich. Wer weiß, was als Nächstes kommt, und meine Aufgabe und die der Schule ist es, dich zu beschützen.« Natürlich schrie alles in mir: Nein! Ich bleibe an der *Dance Academy*, aber durch die Schmerzen und die Aufregung blieb ich erst mal still und starrte vor mich hin. Ich musste das alles verdauen.

Wir gingen gemeinsam zum Mädchenhaus – Mama stützte mich. Anna und Marie waren noch beim Training, sodass wir unser Zimmer erst mal für uns hatten. Mama half mir ins Bett, legte mein Bein schön mit mehreren Kissen hoch und umwickelte es mit Kühlpads. Sie machte mir wie früher einen Kakao in der kleinen Küchenzeile auf unserem Stock und setzte sich zu mir.

Nach einer gefühlten Ewigkeit kamen endlich Anna und Marie und nahmen mich bestürzt in den Arm. Sie wussten bereits Bescheid – anscheinend hatte Dr. Winger Mimi darüber informiert, dass meine Teilnahme bei den Stadtmeisterschaften gefährdet war, aber anstatt sauer auf mich zu sein, regte sich in ihnen der Kampfgeist. Marie war wie immer nicht unterzukriegen. »Du wirst die Meisterschaften mittanzen. Wir können gemeinsam weiterüben, und du machst nur trocken mit. Außerdem bist du ja in Behandlung bei Dr. Winger, und der wird dich bestimmt wieder in Form bekommen.«

Ihre Zuversicht baute mich auf, ich schöpfte Hoffnung. Aber gleich musste ich wieder an die Nadelattacke denken. Ich ließ Anna und Marie schwören, dass sie niemandem etwas sagen würden, und weihte sie ein. Völlig entsetzt schlugen sie die Hände vor den Mund. »Viktoria?« Anna war fassungslos.

»Das war ehrlich gesagt mein erster Gedanke, aber Finn hat gesagt, dass sie so was auf keinen Fall machen würde.«

Marie schnaubte sauer: »Ja klar! Weil Finn total neutral

ist und alle Seiten von Viktoria kennt. Überhaupt ist er auch schuld an deiner Situation. Ohne ihn wäre Viktoria nicht so sauer auf dich, und wenn du nicht mit ihm trainiert hättest …«

Aber Mama beschwichtigte: »Hätte, wäre, wenn hilft uns nicht weiter. Vielleicht ist was dran, vielleicht war Viktoria es wirklich nicht. Sie hatte immerhin bislang doch kein Problem, auf offene Konfrontation mit dir zu gehen. Das passt nicht so richtig zu ihr. Es sei denn, sie ist inzwischen total verzweifelt. Auf alle Fälle muss man mit solchen Vorwürfen sehr vorsichtig sein.«

So sicher ich mir war oder wünschte, dass Viktoria hinter diesem Anschlag steckte, musste ich meiner Mutter doch recht geben.

Anna sah mich aufmunternd an. Mit ihrer einfühlsamen Art traf sie immer den richtigen Ton: »Vergiss mal Viktoria und die Meisterschaften, und sieh dir an, was du alles geschafft hast. Ein Stipendium, zwei neue Freundinnen, bei der Schülerzeitungswahl gleich zwei erste Plätze abgeräumt – so unbeliebt kannst du also nicht sein. Außerdem hast du mit Mimi die beste Lehrerin der Welt hinter dir und eine unschlagbare Familie mitsamt Greta. Das kann dir keine Nadel im Schuh nehmen. Du solltest dich darauf konzentrieren, wie viel Glück du im Leben mit deinem Talent hast, und wenn du bis zu den Meisterschaften nicht fit bist, holen wir sie eben nächstes Jahr!«

Gerührt umarmte ich Anna, die mich lachend drückte.

Sie hatte recht! Schluss mit dem Selbstmitleid und Trübsal. Aufstehen, weitermachen und das Beste geben. So sah es aus!

Marie holte ein paar Sticker aus ihrer Tasche und klebte ein Herz, einen Glücksklee und ein paar Sterne auf meine Krücken. »So, damit das schnell heilt. Und morgen trainieren wir weiter. Du schaust zu und gibst Tipps! Wir lassen uns doch nicht von ein paar albernen *Dancing Queens* in die Flucht schlagen. Wir heißen nicht umsonst *Dynamites*!«

»Streck das Bein ein wenig mehr! Tut das weh?« Dr. Winger verfolgte aufmerksam meine Gesichtszüge.

»Nein, das geht schon wieder«, antwortete ich erleichtert. Das war ein gutes Zeichen, sogar ein verdammt gutes.

Die letzten zwei Wochen waren extrem hart gewesen und frustrierend. Hart, weil ich den ganzen Tag entweder Physiotherapie, Training mit den *Dynamites* oder für die letzten Tests vor den Ferien gelernt hatte. Finn hatte mir vor lauter schlechtem Gewissen Professor Paulsen besorgt, der bei hochkarätigen Fußballprofis anscheinend als Koryphäe galt. Finns Eltern kamen dafür auf, dass ich von ihm behandelt wurde. Ja, so war das, wenn man mit dem goldenen Löffel im Mund geboren wurde. Für jedes Problem gab es eine Lösung. So war ich nach der Schule von Professor Paulsen fit gemacht worden, was dringend nötig war. Der Druck Richtung Meisterschaften war überall zu spüren. Zum jetzigen Zeitpunkt konnte es gerade so klappen, dass ich mittanzen konnte. Angemeldet waren wir, und Dr. Winger hatte seine Prognose von 30 Prozent Chance auf immerhin 50 Prozent erhöht.

In der *Academy* gab es kein anderes Thema mehr. Die Anspannung wuchs von Tag zu Tag – schließlich hatte die Schule einen Ruf zu verteidigen und wollte mit ihren Gruppen so gut wie möglich abschneiden. In der letzten Woche wurden die normalen Fächer auf die Hälfte reduziert, damit mehr Zeit fürs Training blieb. Alle Lehrer machten Extrastunden, die Trainingsräume waren komplett ausgebucht, die Mensa war jetzt auch abends noch spät geöffnet, damit alle, die länger probten, versorgt waren. Man spürte die Hektik und Anspannung, schließlich ging es um die Hamburger Stadtmeisterschaften und um das Image der *Dance Academy*. Die *Dynamites* waren soweit vorbereitet. Unsere Tanznummern standen schon länger fest, es ging längst nur noch um Feinheiten, Übergänge, synchrone Bewegungen und darum, Solos zu verbessern – das alles mit einem Bein, das nur eingeschränkt bewegt werden durfte. Das Meiste konnte ich nur angedeutet trainieren, wirkliche Belastung war noch nicht drin. Wir hatten uns darauf verständigt, einfach so zu tun, als ob wir auf jeden Fall mittanzen würden, und falls ich nicht dabei war, würden Anna und Marie eben zu zweit auftreten. Uns war natürlich klar, dass sie damit keine Gewinnchance haben würden, weshalb ich jeden Tag betete, doch noch mittanzen zu dürfen. Anna, Marie und alle Lehrer behielten mich extra aufmerksam im Auge. Mimi und der Direktor waren offenbar völlig geschockt gewesen. Natürlich gab es keine Überwachungskameras in den Trainingsräumen oder Umkleiden, weshalb nicht rekonstruiert werden konnte, wer meinen Schuh präpariert hatte. Das ungute Gefühl blieb. Wer immer mich bei den Stadtmeisterschaften nicht dabei haben wollte – er oder sie würde es eventuell wieder versuchen. Deshalb durfte ich nicht mal alleine aufs Klo oder meine Sachen unbeaufsichtigt liegen lassen. Die Lehrer achteten sehr auf mich und beobachteten immer, ob sich mir jemand komisch näherte. Und meine Trainigssachen wurden immer erst durchgesehen, bevor ich sie anziehen durfte. Viktoria, die falsche Schlange, hatte mir ihr Bedauern über meine Verletzung ausgesprochen, dabei hatte sie die bestimmt mit ihren Zofen zusammen gefeiert. Ich traute ihr immer noch nicht und war mir sicher, dass sie mit meinem Sturz etwas zu tun hatte.

Nach der Untersuchung bei Dr. Winger ging ich in den Probenraum, wo Anna und Marie schon zusammen mit Mimi warteten. Mimi wollte uns unterstützen und sehen, ob es irgendwo klemmte. Sie kannte unsere Choreo natürlich, es ging wirklich nur noch um letzte Feinheiten. Wir legten los, und ich tanzte nur trocken mit – keine Drehungen, keine Sprünge und nur zwei Durchgänge.

Mimi schien zufrieden: »Gut. Leonie, bei dir müssen wir eben einfach abwarten, ob du am Wettkampftag belasten und das fehlende Training wettmachen kannst. Marie, du solltest deine Kondition noch verbessern, man merkt gegen Ende, dass du etwas langsamer wirst. Und Anna, bei dir müssen die Sprünge besser sitzen. Trainiere sie doch einfach mal auf dem Trampolin, da bekommst du ein ganz anderes Gefühl dafür. Aber ansonsten ist das wirklich gut. Wenn Leonie fit ist und ihr zu dritt auftreten könnt, habt ihr wirklich sehr gute Chancen.« Sie lächelte uns an. Wir klatschten uns erleichtert ab.

»Siehste! Alles wird gut!«, sagte Marie und knuffte mich in die Seite. Sie war wie immer optimistisch und sah alles durch ihre rosarote Brille. Wir gingen in die Dusche und machten uns danach in unserem Zimmer fertig. Heute war Schulfest! Ein Fest, zu dem auch Eltern und Ehemalige geladen waren. Es gab tolles Essen, Verkaufsstände für einen guten Zweck, Musik und viele Aufführungen. Und einige Schüler bekamen einen Auftritt auf der Außenbühne. Wir waren dieses Jahr nicht ausgewählt worden und durften somit einfach zusehen.

Die Außenbühne war im Innenhof unter den alten Kastanien aufgebaut worden. Ringsherum gab es Sitzgelegenheiten, und nicht selten sprangen manche Schüler während einer Vorführung auf und tanzten einfach mit, weil sie nicht länger stillsitzen konnten oder sie die Musik so mochten. Aufgeregt wartete ich auf meine Familie und Greta. Wir waren am Eingang verabredet.

Plötzlich hörte ich ein aufgeregtes Kreischen. »Leonie! Hier sind wir!« Es stammte von Greta, die vor lauter Freude wie ein Flummi auf und ab hüpfte, dicht gefolgt von meinem Papa, der glücklich und gleichzeitig ernst dreinblickte. Überglücklich rannte ich ihnen entgegen. Es war schön, sie alle hier zu haben.

Papa wirbelte mich in die Luft. »Na, wie geht's meiner Tänzerin?« Dabei schaute er nicht mir in die Augen, sondern beobachtete die Umgebung genau, als ob irgendwo jemand lauerte und nur darauf wartete, mir eine zweite Nadel in den Fuß zu rammen.

»Mir geht's gut, Papa! Du kannst dich locker machen«, grinste ich. Liv war sogar auch mitgekommen und das ohne Holger!

»Das sind ja Zustände hier! Wie im schlechten Krimi!«, begrüßte sie mich mit einem Kniff in die Wange. Ich merkte, dass sie das alles sehr aufregend fand.

»Habt ihr Hunger?«, fragte ich. Nach einer so langen Reise knurrten bestimmt die Mägen.

»Und wie!«, rief Greta und hakte sich bei mir ein.

»Na, dann mir nach!« Ich lotste alle in Richtung Essen. Papa benahm sich fast wie ein schlecht getarnter Leibwächter und taxierte jeden, der an mir vorbeiging. Das war so anstrengend, dass sogar Mama ihm zuflüsterte, sich mal ein wenig zu entspannen.

»Hallo? Es gab einen Anschlag auf meine Tochter, und ich werde alles dafür tun, dass das nicht noch mal vorkommt!«

Das machte er allerdings. Als wir uns beim Essensstand Crèpe mit Apfelmus und Zimt holten, bestand er darauf, vorzukosten – vielleicht war ja die Mutter von Noah, die das

Essen zubereitete, Teil der Verschwörung. »Mensch Papa, es wird langsam peinlich!«, sagte sogar Liv, die ja meistens nur den Mund aufbekam, wenn es um Holger ging. Die beiden waren übrigens tatsächlich noch immer zusammen.

»Tretet näher, kommt alle her! Wir starten mit unserem Programm. Es beginnen Annika und Julia aus der 5. Klasse.« Alle drängten in Richtung Bühne. Wir schnappten uns ein paar bunte Sitzkissen, die auslagen, und sahen den Auftritten gespannt zu.

An vierter Stelle war es schließlich so weit. Finn war dran. Ein komisches Gefühl. Schließlich kannte ich jeden Schritt, jeden Takt der Musik, wusste, welche Schritte ihm schwerfielen und welche Abfolgen meine Idee waren. Komisch fühlte es sich vor allem deshalb an, weil ich mich zurückgezogen und im Moment keinen Kontakt zu Finn hatte. Mir war das alles zu viel geworden, und ich war sicher, dass mein Sturz nicht nur mit den Meisterschaften zu tun hatte, sondern auch damit, dass jemand nicht wollte, dass ich Zeit mit Finn verbrachte. Hinzu kam, dass er natürlich immer noch mit Viktoria zusammen war und sie auch gleich in Schutz genommen hatte. Das tat alles weh, und deshalb wollte ich lieber etwas Abstand. Aber wie er da auf die Bühne kam, sonnengebräunt, mit coolen Jeans, Converse Turnschuhen und einem lässigen T-Shirt, konnte ich mich seiner Ausstrahlung nicht entziehen. Er wirkte so selbstbewusst, überhaupt nicht unsicher, und hatte offensichtlich richtig Spaß, auf der Bühne zu stehen.

»Du kannst sagen, was du willst, aber der Typ hat das gewisse Etwas. Schau mal, wie das Publikum ihm zu Füßen liegt!«, flüsterte Greta mir ins Ohr, was bei dem Gejohle und Geklatsche schwer zu verstehen war.

Ich nickte und holte aufgeregt Luft. Jetzt ging es endlich los. Finn tanzte so locker, war so in der Musik, dass ich komplett vergaß, wo es im Training gewackelt hatte. Er schaffte es, dass ich einfach zuschauen konnte und hin und weg war. Seine letzte Drehung mit abschließendem Sprung und Finale am Boden lief perfekt. Der Jubel nahm kein Ende. Finn freute sich sichtlich und nahm Mimi, die durch das Programm führte, kurz das Mikro ab. Noch außer Atem sagte er: »Hey, danke! Freut mich, dass es euch so gut gefallen hat. Aber der Beifall gehört nicht nur mir. Leonie, wo steckst du?«, rief er und suchte das Publikum ab. Alle drehten sich um und zeigten auf mich. Ich lief knallrot an und hätte mich am liebsten versteckt. »Leonie, komm doch mal bitte auf die Bühne!«, rief er ins Mikro.

Oh Gott, wie peinlich, aber auch aufregend. Widerrede zwecklos! Ich stand auf und ging zu ihm auf die Bühne. Sein Blick ging mir durch Mark und Bein. Was machte ich mir da eigentlich vor? Natürlich war ich immer noch in Finn verknallt und zwar über beide puterrot angelaufenen Ohren.

»Dass ich heute so tanzen konnte, habe ich Leonie zu verdanken«, sagte Finn. »Sie hat mich trainiert und sich den Großteil der Choreo ausgedacht, also, die wirklich coolen Stellen. Ohne sie hätte ich das nie so hinbekommen. Außer-

dem hat sie sich bei unserem Training verletzt und muss extrem kämpfen, um bei den anstehenden Stadtmeisterschaften auftreten zu können. Also gilt der Applaus eigentlich dir, Leonie!«

Zuerst dachte ich, alle würden mit Tomaten auf mich werfen oder eine peinliche Stille würde eintreten, aber tatsächlich bekam ich Applaus und zwar stürmischen Applaus. Finn und ich sahen uns an, und mit einem Schlag stand die Welt still. Ich sah nur noch sein Gesicht, hörte nur noch meinen Herzschlag und war das glücklichste Mädchen der Welt.

Aber leider dauern solche Momente ja nicht für immer. Als ich wieder zu mir kam, sah ich aus dem Augenwinkel, wie Viktoria sich mit versteinerter Miene und möglichst unauffällig vom Acker machte. Auweia, ich musste mir eine kugelsichere Weste kaufen …

12. KAPITEL

»Kommt ihr mal her? Wir haben noch etwas für euch!« Meine Eltern und die von Anna und Marie hielten jeder von uns ein Paket hin. Fragend sahen wir uns an und machten es auf.

»Wie cool ist das denn?«, rief Marie. Begeistert umarmten wir uns. Unsere Eltern hatten uns einen *Dynamites*-Overall machen lassen, in grau und mit einem silbernen Glitzer-*Dynamites*-Schriftzug.

»Jetzt kann es ja nur noch klappen!«, sagte Anna strahlend. Sie zog gleich das Oberteil an und sah einfach super darin aus. Greta drückte mir ein kleines Geschenk in die Hand und knuffte mich liebevoll in die Seite.

Fast konnte man meinen, sie wäre nervöser gewesen als ich. Schnell machte ich die Schleife weg, öffnete das Papier – und in einer kleinen Schachtel kam eine Kette zum Vorschein mit einem kleinen Engelsflügel. »Das ist dein Schutzengel und Glücksbringer!« Greta lächelte verlegen.

Freudestrahlend fiel ich ihr um den Hals. Dieses Geschenk konnte ich wirklich gebrauchen! »Danke! Jetzt kann ja nichts mehr schiefgehen!«

Just in diesem Moment kam Mimi auf uns zu. »So, ihr müsst jetzt runter in die Umkleide und euch fertig machen.« Nervös nickte ich.

Mama sah mich besorgt an: »Und du bist sicher, dass du tanzen kannst?« Tanzen konnte ich auf alle Fälle. Sowohl Dr. Winger als auch Professor Paulsen hatten grünes Licht gegeben. Die Frage war eher: Konnte ich den Trainingsrückstand wettmachen? Und die Tatsache, dass ich null Erfahrung mit Wettkämpfen hatte? Beruhigend drückte ich erst Mama und dann Papa. Liv stand bereits mit Holger auf der Tribüne. Sie hatten ein *Dynamites*-Banner bei sich, was mich total rührte.

Mimi nahm uns mit in die *Katakomben* und zeigte uns einen Raum, den wir für uns allein hatten. »Ich drücke euch ganz fest die Daumen. Eure Stärke sind eure Freundschaft und gegenseitige Unterstützung. Vergesst das nicht!« Sie sah uns aufmunternd an, dann ließ sie uns alleine.

Anna merkte, wie nervös ich war. Sie nahm meine Hand. »Hey, du bist nicht umsonst hier. Egal, wie lange wir anderen das schon machen, du hast das Talent und die Leidenschaft für das Tanzen in dir. Und wenn du noch nicht deine ganze Leistung bringen kannst, mach dir wegen uns keine Sorgen! Wir freuen uns, dass wir überhaupt antreten können, und unsere Freundschaft wird immer wichtiger sein als ein Pokal, okay?« Dankbar drückte ich ihre Hand.

Marie grinste. »Locker machen, Mädels, wir sind hier, um das Ding zu rocken. Wir haben Spaß, und wenn wir dabei was gewinnen, ist es super. Wenn nicht, feiern wir eben uns!« Erleichtert lachte ich los. Der Druck war mit einem Mal weniger, denn tatsächlich sprachen sie meine Ängste aus. Was waren das für verrückte Monate gewesen! Erst der Abschied von Waldesruh, dann ein Stipendium an der *Dance Academy*, meine zwei neuen Freundinnen, Mimi und natürlich Finn.

Und jetzt stand ich tatsächlich bei den Hamburger Stadtmeisterschaften. Als Teilnehmerin. War das ein Grund, Angst zu haben? Nein, das war ein Grund, zu feiern und sich zu freuen! Und genau mit diesem Gefühl würde ich tanzen, egal auf welchem Platz wir landeten.

Mimi sah herein. »Auf, Mädels, warm machen! Hopphopp, noch zehn Minuten!«

Wir umarmten uns, sahen uns in die Augen und lachten. »Alle für eine und eine für alle!« Dann klatschten wir uns ab und folgten Mimi in die Halle.

Die Ränge waren voller *Dancing-Queen*-Banner und -Fähnchen. Ich entdeckte Finn, der mir aufmunternd zunickte, dann sah ich meine Familie. Sie winkten mir voller Stolz zu. Lächelnd stellten wir uns auf. Die Jury musterte uns aufmerksam.

Als die Musik einsetzte, war alle Nervosität verflogen. Es gab einfach nichts Besseres, als zu tanzen, vor allem gemeinsam mit Anna und Marie. Mein Bein machte alles mit! Ich hatte keine Schmerzen, und eine eventuelle Muskelschwäche merkte ich vor lauter Adrenalin gar nicht.

Unser Stück war zu Ende – und ich war selig. Wir hatten super getanzt. Vielleicht würden wir einen minimalen Abzug bekommen, weil uns aufgrund der fehlenden Zeit ein, zwei Figuren nicht hundert Prozent synchron gelungen waren, aber eines hatten wir uns auf keinen Fall: blamiert.

Der Applaus war groß! Nicht so frenetisch wie bei den *Dancing Queens*, aber immerhin fair, wenn man bedachte, dass fast das gesamte Publikum komplett von Viktorias Mutter mit Fähnchen, Tröten und Pompoms ausgestattet worden war.

Die Punktrichter nahmen sich eine kurze Bedenkzeit, dann zogen sie ihre Karten: 48 Punkte. Nur zwei Punkte Abzug von der Höchstzahl!

Wir jubelten los und waren super stolz, auch wenn die *Dancing Queens* mit zwei Punkten vor uns lagen. Viktoria hatte den Atem angehalten, als die Richter die Karten zückten. Ich hatte es aus den Augenwinkeln gesehen. Sie und ihre Mutter gaben sich erleichtert Zeichen. Meine Mutter hingegen war völlig aus dem Häuschen und hatte noch eine Überraschung in petto: Meine Lieblingstante Heidi saß als Gast im Publikum und schien ebenfalls ganz aus dem Häuschen. Sie winkte wie wild zu mir herüber. Sofort machte ich mich auf den Weg zur Tribüne und fiel ihr um den Hals. Heidi lebte in der Nähe von Köln und hatte dort einen Reiterhof.

In den Ferien waren wir oft bei ihr gewesen und hatten den ganzen Tag reiten dürfen.

»Wieso hast du nichts gesagt, Mama?«, rief ich aufgekratzt.

Meine Mutter umarmte mich fest. »Na, weil du schon aufgeregt genug warst. Da wollten wir nicht noch was draufsetzen. Wenn du gewusst hättest, dass Tante Heidi extra deinetwegen angereist ist, wärst du bestimmt auf jeden Fall angetreten, auch wenn dein Fuß weh getan hätte. Stimmt's?«

Sie kannte mich ziemlich gut. »Aber natürlich hätte ich mir das im Leben nicht entgehen lassen!«, rief Heidi, und ihre Wangen leuchteten tiefrot vor Aufregung. Man sah ihr an, dass sie viel Zeit an der frischen Luft verbrachte.

»Kannst du ein wenig bei uns bleiben?«, fragte Mama.

Ich sah auf die Uhr. Ja, das ging. Erst waren zwei gemischte Gruppen dran, und dann kam die Freestyle-Kür der *Dancing Queens*. Annas und Maries Familien saßen neben meinen Eltern. Greta hatte sich neben Liv und ihre Klette Holger gesetzt, Marie alberte mit ihren drei Geschwistern herum, Papa verstand sich offensichtlich blendend mit Maries Vater, und Anna, Maries und meine Mutter schienen sich ebenfalls prächtig zu verstehen. Anna zeigte schließlich runter auf die Bühne. »Alle mal herschauen! Die *Dancing Queens* sind dran! Nach ihrem Auftritt müssen wir schon wieder runter, wir sind drei Nummern nach ihnen dran.«

Gespannt richteten sich alle auf und sahen, wie Viktoria, Katharina und Sophie unter großem Jubel und Gejohle ihrer

Fans strahlend und siegessicher auf die Bühne schritten. Dahinter folgten Mimi und Viktorias Mutter.

Heidi fragte mich: »Wer sind das blonde Mädchen und die Frau mit den gleichen Haaren?«

Die Pest, wäre die korrekte Antwort gewesen, aber ich riss mich zusammen. »Das sind Viktoria von Vierstädter und ihre Mutter. Das Schlimmste, was der Adel je hervorgebracht hat.«

Heidi beugte sich weiter nach vorne, um besser sehen zu können. »Die sehen ja aus wie aus einem Katalog. Bestimmt tauschen sie auch ihre Klamotten. Aber die Mutter sieht ganz schön streng aus. Die geht zum Lachen bestimmt in den Keller!« Das hatte Heidi gut beobachtet. Ich für meinen Teil glaubte ja, dass Viktorias Mutter überhaupt nicht lachen konnte. Was ja vielleicht auch an den berühmten Spritzen lag, die sie sich gegen die Falten geben ließ. Ihr Gesicht wirkte auf die typische Art richtig steif.

Aus dem Lautsprecher dröhnte es: »Liebes Publikum. Es tanzen für Sie in der Kür die *Dancing Queens*, die nach der Pflicht in Führung liegen.«

Sofort setzte tosender Applaus ein, begleitet von lauten Pfiffen und *Dancing Queens*-Rufen. Ich konnte sehen, dass Finn ebenfalls begeistert klatschte. Was hatte ich auch anderes erwartet?

Ich konnte mich kaum auf den Auftritt der *Dancing Queens* konzentrieren. Immer wieder schielte ich zu Finn hinüber, der restlos begeistert schien. Greta, die mich einfach zu gut kannte, flüsterte mir ins Ohr: »Kannst dich locker machen. Bei dir hat er vorhin genauso geschaut und ist am Ende sogar aufgestanden, um dich noch mehr anzufeuern. War mega auffällig, weil er ja im Fanblock der *Dancing Queens* sitzt und als Einziger weit und breit aufgesprungen ist.«

Ich musste grinsen, und in meinem Bauch fing es an zu kribbeln. Deutlich entspannter sah ich mir jetzt die Vorstellung von Viktorias Truppe an. Ihren Song fand ich etwas zu unmelodiös. Er transportierte keine wirklichen Emotionen, sondern bestand mehr aus Rhythmen. Zugegeben tanzten sie sehr gut und fehlerfrei. Aber für meinen Geschmack fehlte das gewisse Etwas – Ausdruck, neue Ideen. Es war einfach sehr nach dem Lehrbuch getanzt und nichts Eigenes. Das fiel mir sehr deutlich auf.

Und tatsächlich vergaben die Punktrichter dafür auch nicht die volle Punktzahl, sondern 47 von 50 Punkten, was aber natürlich immer noch extrem gut und schwer zu toppen war.

Als sie die Bühne verlassen hatten, gingen Greta und ich in Richtung Katakomben. Sie wollte unbedingt mal sehen, wie es da unten aussah, und etwas von der Wettkampfluft mitbekommen. Zwar waren wir deutlich zu früh, aber so konnte ich Greta in Ruhe alles zeigen, bevor Anna, Marie und ich uns konzentrieren mussten. »Hier sind die Räume, in denen wir uns aufwärmen können. Im Zimmer daneben kann man sich von Dr. Winger versorgen lassen, falls man eine kleinere Verletzung hat oder getaped werden muss vor dem Tanz. Manchmal ist das wichtig, weil das Tape mehr Halt gibt«, erklärte ich Greta. Sie hörte aufmerksam zu, schien das alles unheimlich spannend zu finden.

Wir gingen weiter den Flur entlang. »Hier ist das Massagezimmer, falls jemand sich verspannt hat und gelockert werden muss. Dort liegt der Verpflegungsraum, wo wir Bananen, Getränke und leichtes Essen bekommen können, und dahinten gibt es einen Ruheraum für die Tänzer, die sich mental lieber alleine und in Ruhe vorbereiten.«

Greta war sichtlich beeindruckt. »Das ist ja Wahnsinn, wie viel Organisation und Helfer hinter diesem Wettkampf stecken. Wo habt ihr denn all die Helfer her?«

»Alles Lehrer, Eltern und Schüler, die nicht beim Wettkampf mitmachen. Du erkennst sie an ihren blauen T-Shirts mit dem *Dance Academy*-Logo und den roten Käppis. Sie helfen uns auch mit den Outfits, sorgen außerdem für Handtücher in den Kabinen und für Duschgel in den Waschräumen, damit wir uns um nichts kümmern müssen. Wahnsinn, oder?«

Greta stimmte zu und fragte, ob sie auch noch unsere Kabine sehen durfte. »Eigentlich ist sie das Heiligtum, und niemand außer den Tänzern darf rein, aber wenn wir uns ganz leise und unauffällig reinschleichen, wird das schon niemand merken. Außerdem sind wir eh viel zu früh dran. Lass uns einfach schnell machen!«

Ich zog Greta mit auf den Flur und wartete, bis alles still war. Dann schlich ich leise mit ihr in unsere Kabine. Ich fiel vor Schreck fast in Ohnmacht. Da war eine Helferin und legte frische Handtücher vor unsere Spinde. Sie hatte uns zum Glück nicht kommen hören, sodass ich Greta ein Zeichen machen konnte. Langsam gingen wir rückwärts zur Tür. Ich hatte schon die Klinke in der Hand, als die Helferin plötzlich meinen Spind aufmachte. Mir stockte der Atem. Seelenruhig holte sie meinen linken Turnschuh heraus und suchte etwas in ihrer Hosentasche.

Mein Herz schien stehen zu bleiben. Greta sah mich mit aufgerissenen Augen an. Ich machte Zeichen, dass sie sich nicht bewegen sollte. Die Helferin – ich konnte sie von hinten nicht erkennen – zog schließlich eine kleine Schachtel hervor, öffnete sie und nahm eine Nadel heraus. Vorsichtig begann sie, sie in meinen Schuh zu schieben. Auch noch in den linken! Das war mein verletzter Fuß. Ich war fassungslos! Stand da wie eine Salzsäule.

Wer auch immer das hier war – sie hatte bestimmt auch den ersten Anschlag verübt. Und jetzt wollte sie mir den finalen Stoß kurz vor meinem Auftritt verpassen. Wer um alles in der Welt konnte mich so hassen?

Ich bedeutete Greta, dass wir auf drei zuschlagen würden. Mit den Fingern zählte ich, und bei drei stürzten wir uns mit Geschrei auf die Unbekannte.

Es war Mia, Viktorias größter Fan! Mia vergötterte Viktoria geradezu und fand alles, was sie sagte, machte oder trug, großartig. Ob sie in Viktorias Auftrag handelte?

Zum Glück leistete sie kaum Widerstand. Greta hatte

geistesgegenwärtig die Tür aufgerissen und um Hilfe geschrien. Sofort waren Lehrer und ein paar Eltern angerannt gekommen, unter ihnen auch Mimi. »Was ist denn hier los?« Sie sah uns verdutzt an und versuchte, sich ein Bild von der Situation zu machen.

Zitternd entriss ich Mia den Schuh und gab ihn Mimi. »Mia hat meinen Schuh mit einer Nadel präpariert. Greta und ich haben sie auf frischer Tat ertappt!«

Mimi war eigentlich immer entspannt, aber jetzt wurde sie blass. Mit versteinerter Miene sagte sie zu Mia: »Ist das wahr? Stimmt das? Warum tust du so etwas?« Mia zuckte mit den Schultern und nickte stumm.

Mimi gab den anderen Erwachsenen ein Zeichen, den Raum zu verlassen, und setzte sich mit uns auf eine Bank. In dieser kleineren Runde traute Mia sich zu sprechen. Ihre Augen füllten sich mit Tränen. »Ich wollte doch nur helfen! Seit Leonie hier ist, hat Viktoria es viel schwerer, und sie wünscht sich einfach nur, dass Leonie nie hier aufgetaucht wäre. Sie ist doch die beste Tänzerin der Schule, und Leonie darf ihr das nicht wegnehmen!«

Ah, daher wehte der Wind! Eigentlich war ich nicht besonders überrascht. Mimi sah Mia verständnislos an. »Und beim ersten Mal hat es nicht ganz so geklappt, wie du wolltest, ja? Leonie konnte trotzdem weitertanzen. Und hier hast du nun deine letzte Chance gesehen.«

Mia nickte und fing an zu schluchzen. Anscheinend wurde ihr langsam bewusst, was sie gemacht hatte.

Mimi nahm ihre Hände und sah ihr direkt in die Augen. »Mia, ich muss dich das fragen: Hat Viktoria dich gebeten, das hier zu machen oder war es deine Idee?« Genau das interessierte auch mich brennend.

Mia zögerte: »Also, sie hat mich nicht direkt gebeten, aber sie sagte ab und zu so Sachen wie: ›man sollte Leonie mal richtig eine vor's Schienbein geben, damit sie nicht mehr tanzen kann, oder ihr ein Bein stellen an der Treppe‹. Das mit der Nadel war aber allein meine Idee. Viktoria weiß nicht, dass ich es war. Aber sie war ziemlich erleichtert, als es so aussah, dass Leonie nicht bei den Meisterschaften mittanzen kann und war wieder viel besser drauf. Vorhin habe ich mitbekommen, wie ihre Mutter zu ihr gesagt hat, wenn sie nicht gewinnt und besser tanzt als Leonie, würde sie Viktorias Hund weggeben. Das ist doch voll gemein, das muss man doch verhindern!«

Mia griff nach dem Taschentuch, das Mimi ihr reichte, und schnäuzte sich laut.

13. KAPITEL

In meinem Kopf fuhren die Gedanken Achterbahn. Komischerweise konnte ich Mia gar nicht böse sein. Natürlich war es schlimm und richtig übel, was sie gemacht hatte, und gefährlich dazu, aber immerhin hatte sie Viktoria helfen wollen. Sie war irgendwie verblendet. Und jetzt war Mia nur noch ein Häufchen Elend.

Schließlich sah sie unsicher zu mir herüber. »Mir tut es so leid! Ich weiß, dass ich das nicht wiedergutmachen kann. Und du kannst nichts dafür, dass du so gut tanzen kannst. Ich wollte einfach, dass Viktoria stolz auf mich ist und mich mal wahrnimmt. Aber ich weiß, wie viel Schmerzen ich dir zugefügt habe und dass noch viel Schlimmeres hätte passieren können.«

Noch konnte ich nicht darauf antworten. Mia hätte mir immerhin fast meinen Traum vom Tanzen zerstört. Das machte mich so wütend! Aber irgendwie tat sie mir auch leid, und meine Wut auf Viktoria wurde immer größer.

Mimi legte mir den Arm um die Schulter. »Du musst gar nichts dazu sagen. Das ist alles etwas viel auf einmal und das auch noch ausgerechnet vor deinem Auftritt. Warte mal kurz!«

Sie ging mit Mia aus dem Raum und übergab sie an Herrn Wünschel, unseren Vertrauenslehrer. Ihm erklärte sie kurz die Situation und bat ihn, bei Mia zu bleiben, bis sie wieder zurückkam. Dann setzte sie sich zu mir auf die Bank.

»Ich kann mir vorstellen, wie es in dir aussieht. Wir sollten später alles in Ruhe besprechen. Auch wie es weitergeht mit Mia und Viktoria. Aber ich würde mir an deiner Stelle diese Chance hier nicht entgehen lassen. Das ist dein Traum, und für diesen Moment hast du so viel gearbeitet und die Zähne zusammengebissen. Wenn du jetzt nicht antrittst, haben die anderen gewonnen. Ich an deiner Stelle würde genau diese Wut, Enttäuschung und Unverständnis nehmen und sie in den Tanz legen. Das alles ist nur passiert, weil du so gut bist und weil du das Tanzen so liebst! Lass es dir nicht wegnehmen, hörst du?« Sie sah mir fest in die Augen, und ich wusste, dass sie recht hatte.

»Jetzt erst recht!«, rief ich kämpferisch und reckte die Faust in die Luft. Greta sprang auf und gab mir High Five, Mimi umarmte mich und sagte energisch: »Genau! Zeig es ihnen! Und jetzt ab zum Aufwärmen. Marie und Anna sind bestimmt schon dort!«

Greta begleitete mich. »Denk daran: Du hast den Schutzengel dabei, und der hat doch eben schon bewiesen, was er kann.«

Ich hielt kurz an der Türklinke inne, wollte mich einen Moment lang sammeln.

Plötzlich spürte ich die Wut in mir hochsteigen. All die Schikanen! Der Versuch, mir mein Stipendium wegzunehmen, mich als Einzige an der Schule nicht zur Party einzuladen, die fiesen Bemerkungen vor allen anderen, schließlich der Anschlag mit der Nadel. Ich würde Viktoria und ihrer Schlangenmutter zeigen, dass man mich nicht einfach wegmobben konnte! Stolz und aufrecht würde ich tanzen. Und zwar so gut wie noch nie zuvor! Genau. DAS war meine Antwort auf Niedertracht und Intrigen!

Anna und Marie machten sich bereits warm. »Alles klar? Wo warst du denn? Wir haben dich gesucht«, sagte Anna.

»Alles bestens, Mimi hat mich noch extra motiviert«, antwortete ich entschlossen und fing ebenfalls mit dem Aufwärmen an.

Kurze Zeit später kam Mimi, um uns abzuholen. »Seid ihr bereit?«, fragte sie und zwinkerte mir zu.

Ich holte tief Luft. »Aber so was von bereit!!!« Als wir in die Halle liefen, gab es dasselbe Bild wie zuvor. Überall goldene *Dancing-Queen*-Fahnen und sehr verhaltener Applaus. Die Jury sah uns wieder aufmerksam an. Als die Musik einsetzte, legte ich los. Ich tanzte meine aufgestaute Wut, meinen Ärger heraus, tanzte weiter, bis ich mich befreit fühlte, wieder bei mir, tanzte, als ob mein Leben davon abhing, vergaß mein Bein, vergaß alles um mich herum und war nur noch eins mit meinem Körper und dem Beat. Es tat gut, zu spüren, weshalb ich hier war, warum ich mir das alles antat – nämlich um das zu tun, was ich am allerliebsten auf der Welt machte: TANZEN. Bei meinem letzten Sprung fühlte ich mich, als ob ich einmal in den Himmel fliegen würde und wieder zurück. Ohne zu wackeln, landete ich exakt auf den letzten Ton am Boden.

Stille. Und mit einem Mal stand die Halle Kopf. Das Publikum sprang auf, klatschte und johlte. Keine *Dancing-Queen*-Fahnen waren mehr zu sehen, stattdessen riefen ganze Sprechchöre: »Zugabe! Zugabe!«

Ich sah Mimi. Sie stand am Seitenrand und strahlte übers ganze Gesicht.

Marie keuchte noch und fragte mich kopfschüttelnd: »Was war das denn? Hammer! Der reine Wahnsinn! Du hast getanzt wie nicht von dieser Welt!«

Die Punktrichter zogen ihre Karten: Einer nach dem anderen zückte die Höchstnote, und dann geschah das Wunder: Die Jury machte von ihrem Recht Gebrauch, drei Sonderpunkte zu vergeben aufgrund von außergewöhnlicher Leistung, sodass wir 53 Punkte hatten und in der Gesamtwertung mit 6 Punkten Vorsprung vor den *Dancing Queens* auf Platz 1 landeten.

Wir waren außer uns vor Freude. Hüpften wie verrückt auf und ab und konnten uns gar nicht mehr einkriegen. Ein

Wunder war geschehen … Die *Dynamites* hatten die Hamburger Stadtmeisterschaften gewonnen!!!

Das Glücksgefühl war unbeschreiblich!

Nur hielt es leider nicht lange, denn natürlich musste ich immer wieder an Mia und Viktoria denken. Da war weiterhin sehr viel Wut in meinem Bauch, auch Abscheu vor Viktorias Mutter und, wenn ich ehrlich war, auch Mitleid, denn in so einer durchgeknallten Familie gelandet zu sein, war bestimmt nicht einfach. Ob ihre Mutter jetzt tatsächlich Viktorias Hund weggeben würde? Zuzutrauen war es ihr allemal!

Ich wollte wissen, was Viktoria damit zu tun hatte. Musste sie zur Rede stellen und es herausfinden. Die Angst vor ihr war wie weggeblasen, jetzt da ich wusste, was wirklich gespielt wurde, und ich alle Trümpfe in der Hand hielt. Was würden die anderen nur sagen, wenn sie die Wahrheit erfuhren? Ihre Bewunderer, die Lehrer, Finn? Ich konnte es kaum erwarten, sie von ihrem hohen Ross herunterzuholen und ihr zu zeigen, wie es sich anfühlte, nicht den Ton anzugeben und andere schikanieren zu können.

Marie ließ sich von ihrer Familie hochleben und war völlig außer sich vor Freude. Auch Anna lächelte selig zwischen ihren Eltern. Und meine Familie machte die ganze Zeit Selfies von der Trophäe und sich. Lauter Quatschfotos.

Nur Greta bemerkte, dass ich nachdenklich war. »Denkst du an Mia und Viktoria?« Sie traf den Nagel auf den Kopf.

»Ich muss Viktoria zur Rede stellen. Das kann ich so nicht stehen lassen«, sagte ich energisch. Greta verstand und nickte mir noch aufmunternd zu, als ich losging, um Viktoria zu suchen.

In den Katakomben war sie nicht. Mimi kam mir entgegen und gratulierte mir: »Herzlichen Glückwunsch! Ich bin so stolz auf dich! Was du unter diesen Umständen geleistet hast, ist wirklich außergewöhnlich!« Sie umarmte mich herzlich. »Und das andere Thema klären wir so schnell wie möglich. Ich bin schon dabei, ein Treffen mit Mia, Viktoria, dir und euer aller Eltern zu organisieren. Deinen Eltern muss ich noch Bescheid sagen, aber wir treffen uns in einer Stunde hier im Konferenzzimmer. Und dann muss die Lehrerkonferenz entscheiden. Das hängt aber auch davon ab, wie du Mia und Viktoria bestraft sehen willst. Vorausgesetzt Mia liefert Viktoria noch mal so ans Messer wie eben. Eine Mitverantwortung hat sie aus meiner Sicht auf alle Fälle.«

Aus meiner auch! Genau deshalb wollte ich von Angesicht zu Angesicht mit ihr sprechen. »Äh, Mimi, ist es möglich, dass ich mit Viktoria erst einmal alleine spreche?«

Mimi sah etwas überrascht aus, aber sie nickte gleich. »Natürlich. Sie wollte nur schnell vor die Tür, frische Luft holen. Sie weiß von dem Treffen in einer Stunde, aber sie weiß noch nicht, worum es geht.«

Schnell bedankte ich mich und rannte zum Seitenausgang. Vor der Halle sah ich ein paar Meter entfernt Viktoria laufen. Verwundert schaute ich genauer hin. Sie ging Richtung Bahnhof und zwar alleine. Ihren Schritten nach zu urteilen hatte sie es eilig. Das sah beinahe wie eine Flucht aus …

Schnell und leise rannte ich hinterher. Zum Glück hatte ich Sneakers an, die keine Klappergeräusche verursachten. Viktoria ging geradewegs in die kleine Bahnhofshalle an den Fahrkartenschalter und kaufte sich eine Fahrkarte. Wohin, konnte ich nicht sehen.

Gerade als sie die Rolltreppe zum Gleis nehmen wollte, rief ich ihren Namen. Überrascht drehte sie sich um. In ihren Augen war eine Mischung aus Verwunderung, Verzweiflung, Wut, aber auch Kampfeslust zu sehen. »Was willst du denn hier? Jetzt hast du doch alles, was du willst. Die Meisterschaften, die Wahl zum schönsten Mädchen der Schule. Bald hast du die ersten Fans, und Finn kannst du auch haben. Reicht es nicht, dass du mein Leben zerstört hast?«

Wie? Von wegen! So einfach ließ ich sie den Spieß nicht umdrehen. Angriff war nicht die beste Verteidigung, und jetzt auf Opfer zu machen, war ganz schön peinlich. »Dein Leben kann man nicht zerstören, denn es ist Fake. Es existiert eigentlich gar nicht.«

Getroffen zuckte Viktoria zusammen, fand aber ihre Fassung schnell wieder. »Bist du fertig? Dann kann ich ja gehen …«

Mein Gefühl sagte mir, dass sie gerade abhaute – und

zwar heimlich. Das hier war keine geplante Reise. »Ach so! Du machst es dir ja einfach! Haust ab. Hast nicht das Rückgrat und den Charakter, dich deinem Leben zu stellen? Sagt deine Mutter nicht immer: ›Adel verpflichtet‹?« Ich wusste, dass ich sie nicht zum Bleiben würde bewegen können. Auf mich würde sie nicht hören. Ich musste sie in ein Gespräch verwickeln, denn dass es keine gute Idee war, als Mädchen alleine abzuhauen, das war ja wohl klar.

Meine Worte schienen etwas bei Viktoria auszulösen. Ich konnte sehen, wie ihre perfekte Maske zu bröckeln begann. »Du hast doch keine Ahnung! Ich weiß, was Mia gemacht hat und dass sie erwischt worden ist. Wenn das publik wird, spricht eh niemand mehr mit mir«, sagte sie deutlich leiser und schaute zu Boden.

»Dann erklär es mir! Aber nicht hier an der Rolltreppe. Draußen vor der Tür habe ich eine Bank gesehen. Du kannst ja einfach den nächsten Zug nehmen!« Es war wichtig, dass sie nicht dachte, ich wollte sie von ihrem Plan abhalten, sonst hätte sich noch mehr Widerstand geregt. Mist, ich hatte mein Handy nicht dabei!

Viktoria willigte ein. Und kaum saßen wir auf der Bank, brach der Damm. Viktorias Tränen flossen nur so, und sie sprach offen wie noch nie. Erzählte von ihrem Leben im goldenen Käfig, von den mega ehrgeizigen Erwartungen ihrer Mutter, dem Druck der Mitschüler, immer die Schönste und Beste zu sein. Den tollsten Freund zu haben und über allem sich selber immer wieder verleumden zu müssen. Sie erzählte von ihrer Diät, die sie nicht machen wollte, den Extratanzstunden bis in den späten Abend. Dann die Benimmkurse am Wochenende und Lernstunden mit Privatlehrern, um ja Klassenbeste zu bleiben. Die Meisterschaften gewinnen zu müssen.

Schrecklich. Ich wollte um NICHTS auf der Welt mit ihr tauschen. Ihr Leben war eine einzige Show, in der sie mitspielte und mehr nicht! »Das Schlimmste ist, dass ich es meiner Mutter eh nie recht machen kann. Es ist nie genug! Ich fühle mich nur noch als Maschine und weiß überhaupt nicht mehr, was ich eigentlich will und wer ich bin. Und jetzt nimmt sie mir auch noch meinen Hund weg, weil ich nicht gewonnen habe! Das halte ich nicht aus ...«, schluchzte sie.

Von der Schlange Viktoria von Vierstädter war nichts mehr übrig. Vor mir saß ein bemitleidenswertes Mädchen, das nicht wusste, wie es weitergehen sollte, und das eine Hexe zur Mutter hatte. Unglaublich, aber wahr: Sie tat mir leid, und ich spürte zum ersten Mal, dass sie einen netten Kern hatte. Meine Gedanken fuhren Karussell, denn gleichzeitig war sie immerhin die geistige Anstifterin für zwei Anschläge auf meine Gesundheit gewesen.

»Das verstehe ich alles, und es tut mir auch irgendwie leid. Aber wie kann man nur so fies sein und Mia als Werkzeug benutzen, um mich zu verletzen?«, fragte ich empört.

Viktoria zuckte zusammen. »Glaub mir, ich hatte keine Ahnung, dass sie es war. Du kennst das doch bestimmt auch, dass man jemandem etwas Schlechtes wünscht, aber es nicht wirklich so meint. Hast du mir noch nie was Schlechtes an den Hals gewünscht?«, fragte sie mich direkt und traf damit ins Schwarze.

Wenn sie gewusst hätte, wie oft ich ihr schon die Pest oder andere unschöne Dinge gewünscht hatte! Viktoria deutete mein Schweigen richtig. »Siehst du. Und so habe ich mich auch im Eifer des Gefechts dazu hinreißen lassen, als ich mich über dich geärgert habe. Ich hab ein paar fiese Sachen gesagt, aber ich schwöre, das war nur, um Dampf abzulassen. Niemals würde ich so was ernst meinen. Und ich habe erst vorhin erfahren, dass Mia es sehr wohl ernst gemeint hat. Sie ist nach eurem ersten Durchgang zu mir gekommen und hat mir alles erzählt. ›Ist das nicht super, dass die nicht so viele Punkte haben wie ihr?‹, hat sie gefragt.

›Klar‹, habe ich geantwortet. ›Dafür habe ich auch alles getan!‹, sagte sie. Ich wunderte mich, weil sie irgendwie so stolz klang. Fragend habe ich sie deshalb angesehen. ›Du hast doch mal gesagt, dass du am liebsten Leonies Knie kaputtmachen würdest, damit sie nicht mehr antreten kann. Natürlich würdest du so etwas nie machen, ich weiß. Aber weil du es dir gewünscht hast, habe ich das für dich erledigt.‹

Ich habe sie nur verblüfft angeschaut, habe gesehen, wie ihre großen Augen nach Dankbarkeit heischten. Großer Gott! Ich bin so erschrocken. Sie hatte tatsächlich deine Schuhe manipuliert, damit du dich verletzt, und das auch noch mir zuliebe! Weil ich so was mal dahergesagt hatte!

Ich war total platt und ließ Mia stehen. Sie rief mir enttäuscht hinterher: ›Freust du dich denn gar nicht?‹

Wie hätte ich mich freuen sollen? Es war einfach ekelhaft und niederträchtig! Das eine ist, sich etwas Schlechtes zu wünschen, und das andere ist, es tatsächlich zu tun.«

Ich glaubte Viktoria. Zum ersten Mal nahm ich sie nicht so aufgesetzt wahr, sondern sie wirkte total echt und ehrlich. Und mir schwante, dass ich es so viel besser hatte als sie, die ich die ganze Zeit beneidet hatte! In ihrer Haut wollte ich wirklich nicht stecken. »Und deshalb willst du abhauen?«, fragte ich.

»Ja deshalb, und weil ich diesen Druck meiner Mutter nicht mehr ertrage. Und jetzt wo meine geliebte Sandy weggegeben wird, gibt es für mich keinen Grund mehr, zu Hause zu bleiben. Es ist gar kein richtiges Zuhause für mich.« Wieder kamen die Tränen.

Mein Mitgefühl regte sich. »Pass auf: Du haust nicht ab. Ich verspreche dir, dass ich darauf verzichte, dass die Sache mit Mia öffentlich wird. Bestimmt bekommt sie eine Strafe und du vielleicht auch, aber von mir wird es niemand erfahren. Aber Eines musst du unbedingt hinkriegen: dich gegen deine Mutter durchsetzen. Sie macht dich ja ganz kaputt. Sag ihr, dass du ab jetzt nicht mehr nach ihrer Pfeife tanzt. Schluss mit der Diät, mit den Extrastunden, mit der Ausgrenzung von anderen Schülern, keine Gemeinheiten mehr und vor allem keine Anschläge auf die Gesundheit deiner Konkurrenz!«

Viktoria sah mich ungläubig an. »Das würdest du machen?« Entschlossen nickte ich. Jetzt weinte Viktoria noch heftiger. Was war denn?

»Du bist so nett, ich habe das alles nicht verdient. Ich bin wirklich schuld, dass du gestürzt bist, wenn auch nicht direkt.«

»Pass auf, ich gebe dir quasi eine zweite Chance. Du kannst dich zu einem netten Mädchen entwickeln, ein gutes Vorbild sein. Wenn du die Chance allerdings verspielst, ist es vorbei. Dann lasse ich dich auffliegen. Also verpatz es nicht!«

Dankbar sah Viktoria mich an. »Ich werde es nicht vermasseln! Ich habe selber überhaupt keine Lust mehr auf diese dumme Kuh!«

Auf einmal mussten wir beide lächeln.

14. KAPITEL

Eine schrille Stimme gellte in unsere Richtung: »Viiktoori-aaa!«

Ihre Mutter war uns auf den Fersen. Wie sich herausstellte, war Mimi mir hinterhergegangen, weil sie eine unschöne Szene zwischen Viktoria und mir befürchtete und hatte ihre Mutter benachrichtigt.

Die sah mich nun mit Verachtung an. Fehlte nur noch, dass sie auf den Boden spuckte. »Was machst du hier mit dieser Unruhestifterin? Komm sofort mit. Papa ist schon auf dem Rückweg, wir müssen zu einem Treffen in den Konferenzraum. Was ist denn jetzt wieder passiert?«

Das war der Moment für Viktoria. »Nein, ich komme nicht mit DIR mit. Ich komme gleich zusammen mit Leonie.« Verdutzt schaute ihre Mutter sie an. »Mit deinen Befehlen ist ab heute Schluss! Merkst du nicht, wie unglücklich

ich bin? Wie krankhaft deine Sucht nach Anerkennung und Elite ist? Wir müssen mitspielen, Papa und ich, nur weil DU Komplexe hast. Aber jetzt reicht es. Ab heute lebe ich mein eigenes Leben! Ich werde Papa sagen, dass ich so nicht mehr kann. Ich werde ihm von den Diäten, von den Extrastunden, von all deinen gemeinen Aktionen erzählen und ihm sagen, dass er mich nicht mehr alleine lassen darf mit dir. Und den Familienrat kannst du dir sparen. Außerdem bleibt Sandy bei uns oder du hast mich das letzte Mal gesehen!«

Viktoria sprach so überzeugend, dass ihrer Mutter die Kinnlade herunterfiel. Irgendwie verrutschte ihr seltsam steifes Gesicht ein wenig. Sie schien zu merken, wie ernst es ihrer Tochter war und dass sie die Kontrolle über Viktoria verloren hatte. »Dann gehe ich schon mal vor«, stotterte sie. Der Versuch, sich nichts anmerken zu lassen, war gründlich schiefgegangen.

Viktoria und ich folgten ihr in einigem Abstand.

Im Konferenzzimmer warteten bereits meine Eltern. Mama und Papa sahen mich fragend und besorgt an. Mimi hatte der Runde wohl schon erläutert, worum es ging.

Mia weinte leise vor sich hin. Ihre Eltern sahen mitgenommen aus, aber immerhin schienen sie ihr zur Seite zu stehen. Im Gegensatz zu Frau von Vierstädter. Empört, nein, schäumend vor Wut hackte sie auf Mia herum und rief immer wieder: »Das ist die absolute Katastrophe! Wenn das jemand erfährt, ist unser Ruf dahin! Nicht auszudenken, was es für Viktoria bedeutet!«

Mama und Papa, die mich erst mal gedrückt und gefragt hatten, ob es mir gut ging, schalteten sich ein. Mama hatte nicht vergessen, wie Frau von Vierstädter sich auf dem Elternabend benommen hatte. »Ob es Ihnen gefällt oder nicht – Ihre Tochter hat großen Einfluss an dieser Schule und auf die anderen Mädchen. Damit hat sie auch eine Verantwortung. Wir wissen ja alle, dass man mit Worten auch schon Schaden anrichten und Menschen manipulieren kann!«

Mama fand deutliche Worte. Und Frau von Vierstädter schien zu verstehen. Sie schnappte nach Luft und empörte sich, nun gar nicht mehr standesgemäß: »Sie wollen doch nicht behaupten, dass meine Tochter etwas dafür kann, wenn diese Irre solche Nadelanschläge begeht? Nur weil meine Tochter ihrem Ärger mal Luft gemacht hat. Wer kann denn bitte ahnen, dass das irgendjemand wörtlich nimmt?«

Die Situation drohte zu eskalieren. Mias Eltern waren aufgesprungen, um sich gegen die Behauptung zu wehren, ihre Tochter sei irre. Mimi rief schließlich alle zur Ruhe und sah mich an. »Ich denke, wir sollten uns in erster Linie anhören, was Leonie zu sagen hat. Schließlich ist sie das Opfer.«

Ich räusperte mich. Zum Glück war ich gar nicht nervös, nein, ich war vielmehr ganz ruhig und wusste genau, was ich sagen wollte.

»Ich hatte vorhin Zeit, mit Viktoria zu sprechen und habe nachgedacht. Ich möchte Mia und Viktoria eine zweite Chance geben. Was passiert ist, bleibt in diesem Raum, niemand an der Schule muss es erfahren. Falls die Lehrer eine Strafe verhängen möchten oder müssen, sollen sie das eben tun. Aber nicht wegen mir oder für mich. Wenn die beiden sich ab jetzt normal benehmen und es zu keinen Gemeinheiten mehr kommt, ist die Sache erledigt. Falls wieder was passiert, werde ich alles erzählen. Ach, und ich bestehe darauf, dass Viktoria ihren Hund behalten darf und auch in Zukunft nicht damit erpresst wird.«

»Mehr willst du nicht? Kein Geld, keine Verlängerung deines Stipendiums?« Viktorias Mutter war verblüfft. Diese Frau war wirklich unfassbar!

»Nein, es reicht, wenn Sie Viktoria und mich in Ruhe lassen und sich ein anderes Hobby suchen«, sagte ich unverfroren und sah ihr direkt in die Augen.

Zufrieden klatschte sie in die Hände: »Na, dann ist ja alles bestens! Dann reicht's ja noch zur Tea Time bei den Wölfels. Kommst du, Viktoria?«

Viktoria schüttelte den Kopf. »Vielleicht komme ich nach.«

»Aber wie denn?«, fragte die Mutter.

»Mit den öffentlichen Verkehrsmitteln natürlich. Die gibt es tatsächlich!«, sagte Viktoria ungeduldig.

Achselzuckend drehte sich Frau von Vierstädter um. Aber plötzlich hielt sie inne und kam zurück. »Was hast du eigentlich vorhin am Bahnhof gemacht?«

Viktoria sah sie mit ihren rot geweinten Augen an. »Ich wollte abhauen, Mutter! Weg von dir.«

Für einen kurzen Moment sah man, dass Frau von Vierstädter wirklich getroffen war. Sie gab sich einen sichtlichen Ruck. »Es wird alles besser werden. Ich verspreche es«, sagte sie leise zu Viktoria.

Dann strich sie ihren Rock zurecht und stöckelte hocherhobenen Hauptes in Richtung Ausgang.

Verlegen sahen wir uns an. »Wir müssen mal wieder zurück. Meine Schwester und Greta warten bestimmt schon …«, erklärte ich entschuldigend.

Mimi sah in die Runde und erkundigte sich, ob es noch Klärungsbedarf gab. Als alle verneinten, standen wir auf. Viktoria ging mit mir vor die Tür. »Ich mache mich auch mal auf den Weg. Dann sehen wir uns nach den Sommerferien?«, fragte sie.

»Ja, braun gebrannt und mit neuem Charakter!«, sagte ich lachend.

»Das werde ich dir nie vergessen! Danke!«

Dann ging sie. Ich sah ihr hinterher und hatte das Gefühl, dass sie sich anders bewegte. Fröhlicher, nicht so kontrolliert. Mal sehen, ob sie ihre Chance nutzte …

Mama und Papa nahmen mich in den Arm. Beide waren sichtlich stolz. »Ich finde, wir haben eine sehr reife und gutherzige Tochter«, sagte Papa. »Ich bin wirklich stolz darauf, wie du reagiert hast. Und vor allem sind wir froh, dass dir nichts passiert ist! So, und jetzt packen wir mal diese hässliche Geschichte weg und feiern dich und deinen unglaublichen Erfolg!«

Der Sieg! Genau, wir hatten ja gewonnen!

Mama, Papa und ich gingen zurück zur Tribüne. Einige Zuschauer applaudierten mir tatsächlich – das fühlte sich einfach großartig an! Anna und Marie saßen immer noch bei ihren Familien. Alle, auch Heidi, Liv, Holger und Greta, sahen uns erwartungsvoll entgegen.

Greta hatte alles berichtet, und so platzten sie fast vor Neugier. Ich erzählte alles haarklein. Als ich damit fertig war, stießen sie die Luft aus und waren froh, dass die Gefahr vorbei und die Geschichte aufgeklärt war.

»Hast du super gemacht! Ich bin mir nicht sicher, ob Viktoria sich umgekehrt genauso verhalten hätte, aber anscheinend kann sie einem ja wirklich leidtun. Und ab jetzt wird bestimmt alles leichter«, sagte Marie.

»Abwarten …« Anna, unsere Skeptikerin! Aber auch ich war gespannt, wie es weitergehen würde.

Was war ich froh, nach diesem aufregenden Tag endlich im Kreise meiner Lieben zu sein! Meine Eltern hatten eine Wohnung für das Wochenende gemietet, weil es viel billiger als ein Hotel war, schließlich waren wir zusammen mit Greta, Heidi, Liv und Holger sieben Personen. Mit Maries und Annas Familien verabredeten wir uns alle für den nächsten Tag zur Siegesfeier bei »La Piazza«, einem gemütlichen Italiener. Heute wollten alle nur noch nach Hause.

Erledigt, aber sehr glücklich lag ich auf dem Bett und hörte Musik. Greta war duschen gegangen, die anderen kochten. Da steckte meine Mutter den Kopf zur Tür herein. »Besuch für dich!«

Überrascht setzte ich mich auf. Da kam Finn zur Tür herein. Er schien ziemlich durcheinander.

»Was machst du denn hier? Woher weißt du, wo ich bin?«, fragte ich völlig entgeistert.

»Von Marie. Kann ich mich setzen?« Finn wirkte seltsam ernst.

Ohne eine Antwort abzuwarten, setzte er sich neben mich. »Ich weiß Bescheid. Viktoria war vorhin bei mir und hat alles erzählt. Sie will raus aus ihrem alten Leben, und weil sie mir vertraut, weiß ich alles. Ich weiß, wer dafür verantwortlich ist, dass du gestürzt bist, und ich weiß, dass du nichts sagen wirst.«

Wow! Es schien, als ob Viktoria tatsächlich ernst machte und ihr Leben änderte. Finn fuhr fort. »Ich kann dir gar nicht sagen, wie dankbar ich dir bin. Viktoria geht es nicht gut. Ich hoffe, dass ich ihr helfen kann. Sie ist ganz schön durch den Wind. Man muss ihr jetzt dabei helfen, dass sie sich mehr von ihrer Mutter losmacht, sich nicht mehr vor deren üblen Karren spannen lässt. Ich möchte ihr helfen. Aber dir wollte ich sagen, dass du mit Abstand das coolste Mädchen bist, das ich kenne. Hübsch, ein Riesentalent, lustig – und mit dem größten Herz der Welt. Wenn die Situation anders wäre, würde ich sofort …!« Er biss sich auf die Zunge und schwieg.

Eilig stand er auf. »Ich glaube, ich gehe jetzt besser, bevor ich etwas Falsches mache!«

Ich folgte ihm zur Tür. »Tschüss! Wir sehen uns nach den Ferien wieder.«

Finn sah mich an und konnte sich anscheinend nicht losreißen. Ich versank in seinen Augen, er in meinen, und plötzlich beugte er sich zu mir, schloss die Augen und küsste mich zärtlich auf den Mund. Tausend Stromschläge durchfuhren meinen Körper, und ich hatte das Gefühl umzukippen. Sofort fing er sich wieder und stürmte zur Tür hinaus.

Wie jetzt? Ich hatte eben meinen ersten Kuss bekommen von dem Jungen, in den ich seit dem ersten Tag an der *Dance Academy* verliebt war, und jetzt ließ er mich stehen? Ohne eine Erklärung, einfach so? Und ich musste sechs ewige Wochen warten, bis wir uns wiedersahen? Nie im Leben hätte ich gedacht, dass mir dieser Satz über die Lippen kommen würde: Wann bitte waren die Sommerferien endlich vorbei?!?